DESENMASCARANDO – Edición ampliada y corregida

Copyright © 2015 – Primera edición año 2007

Miguel Sánchez Ávila

Palabra, Gloria y Poder

Prohibida la reproducción total o parcial por cualquier medio de reproducción, sin el debido permiso por escrito de su autor. A menos que se indique lo contrario, todos los textos bíblicos han sido tomados de la versión Reina – Valera 1960.

## *CONTENIDO*

LA VERDADERA DOCTRINA ..................................................................................8

NIMROD Y SEMIRAMIS: LOS COMIENZOS DE LA IDOLATRIA ...............................45

EL PUEBLO DE DIOS Y LOS IDOLOS .....................................................................68

SIMBOLOS ANATEMAS QUE DEBEMOS DE EVITAR .........................................79

Orígenes de algunas festividades ...........................................................................123

Engaños del Enemigo y cumplimiento profético ....................................................136

Conclusión ..............................................................................................................161

# Dedicatoria

Con gusto dedico este trabajo a toda la juventud, también a todo adulto y anciano cristiano consagrado a Cristo. Es mi profundo deseo y sentir que Dios te bendiga y fortalezca rica y abundantemente.

## Prólogo

Desde la caída del hombre, éste buscando llenar el vacío que sin dudas tiene, y por influencias del enemigo, ha buscado a quién y qué adorar. En su búsqueda furtiva y como una ironía, ha adorado desde cosas sin vida propia, hasta animales, deidades paganas y a otras personas.

Dios le creó a Su imagen y semejanza. Le hizo un ser superior a los demás con capacidades no compartidas con ningún otro ente creado por Dios: sólo él puede arrepentirse de sus pecados y tornarse a Cristo. Sólo a él le fue dada la bendición de poder comenzar una nueva vida, después de haber caído.

En esta búsqueda le ha salido al paso el enemigo de las almas ofreciéndole y pidiéndole a precio de su alma, lo que sólo Dios puede dar: la liberación y salvación del alma.

Es bueno conocer las trampas del enemigos y saber que éste tiene subordinados anclados a las orillas de los caminos espirituales, con la sola intención de distraerte, de confundirte; te ofrece substitutos espirituales que parecen "llenarte" por un momento, pero en realidad te está ofreciendo un placebo que cautivará tu alma y te encaminará a la oscuridad eterna (este fue el caso de Simón el mago (Hch. 8:9-24).

**Cuando el Señor envió a los 70, les dijo: "...ni se detengan a saludar a nadie por el camino" (Lc. 10:4). Podemos entender que les decía: 'No se distraigan por el camino, no permitan que nadie les desvíe de la comisión que les entregué'. Una distracción en nuestro caminar en el Señor nos puede costar muy caro. Distraer significa apartar la atención de aquello en que se aplicaba (en 2 R. 4:29, encontramos el mismo principio). En una distracción el enemigo nos puede jugar una mala pasada (en esto él es un experto), y perder la vida, ¡y si esta vida fuera sólo la física, que no deja de ser triste!, pero el gran dilema y la gran preocupación es que tu vida eterna la estarás poniendo en juego.**

Este libro pretende darte un fuerte alerta sobre los engaños y trampas escondidos detrás de símbolos, celebraciones y practicas que pasan por algo cristiano, normal o inocente pero que en realidad encierran un mensaje de muerte espiritual. Son cosas que te entretienen y alejan de la única verdad poniendo en riesgo tu eternidad (Jer. 6:16).

## Prefacio

Al leer el libro de mi hijo Miguel Sánchez Ávila me doy cuenta que la juventud busca la verdad de su existencia y co-existencia, propósitos y fundamentos.

No cabe duda que ante este análisis de lo más excelente para obtener para sí mismos y para su posteridad; nos indica un futuro de un mejor ser y cuando nuestra visión está centrada en el Constructor del Universo y en Aquel que nos creó con propósitos eternos, está asegurado nuestro futuro y porvenir.

Todo crecimiento tiene su crisis; la crisis del bebé cuando sale del útero que su medio ambiente ha cambiado de ser uno como un océano, a uno con un sistema respiratorio único en pleno desarrollo. De tener un cordón umbilical que le nutre directamente de su madre a tener que utilizar un sistema digestivo que le fue otorgado como ser único e interdependiente e independiente al mismo tiempo. Su sistema de alimentación va variando según su crecimiento. Todo crecimiento tiene su crisis de cambio y vía a la excelencia y a su madurez en todo lo perfecto creado por un Creador Único.

Si nuestra educación, dudas y criterios los indagamos en el Soberano Creador; nuestras metas, anhelos y dirección serán alimentadas por el Ser que diseñó nuestra existencia y nuestro futuro estará seguro. Superaremos las dificultades de nuestro mundo y lograremos alcanzar nuestro propósito, ser individuos cabales con una visión real y verdadera. Superaremos las crisis de crecimiento con holgura y llegaremos a nuestra meta, habiendo perdonado a nuestros amigos que nos hacen injusticia, superaremos las pérdidas de nuestro sistema imperfecto, nuestra visión no se apagará sino que la alimentaremos con todo ánimo y propósito en Dios.

Dra Noemí Ávila PhD, DD, DM, MDiv
Presidente y Fundadora Ministerio "Sed Llenos del Espíritu Santo" Asevica, Inc.

## CAPITULO I
## LA VERDADERA DOCTRINA
## El Día del Pentecostés

La verdadera iglesia cristiana, ya sea en época del pasado o del presente, ha consistido en la aceptación de Jesús de Nazaret, el Hijo de Dios (Mateo 27:43, Lucas 4:41, Romanos 5:10, Romanos 8:3), como Señor y Salvador personal, que borra definitivamente el pecado (Juan 3:16, 1 Timoteo 1:15) y que se le obedece como a Cristo, el Príncipe de Paz y del Reino de Dios sobre la tierra (Lucas 24:36, Juan 14:27, Juan 16:33, Apocalipsis 11:15); a quien también se le atribuye el nombre de "Mesías", palabra hebrea que significa "Ungido"; "El príncipe del Reino Celestial", que corresponde también al mismo significado de "Cristo", cuya palabra trasciende del griego (Juan 1:41, Juan 4:25,26).

El Señor Jesús, sin embargo, prohibió que fuese declarada esta verdad por Sus discípulos al pueblo, hasta tanto resucitase de entre los muertos (Marcos 9:9-10; Lucas 24:46). Jesucristo prometió que luego de irse, iba a venir a nosotros otro Consolador, que iba a estar también con nosotros como Él estuvo con los discípulos, que nos iba a enseñar qué hablar en el momento oportuno (Lucas 12:11,12), pero que además de esto, este Consolador iba a estar en nosotros (Juan 14:16-17). Además, este Gran Consolador nos iba a recordar todas las cosas que Él (Jesús), había dicho (Juan 14:26), palabras que les fueron dadas por El Padre, y las cuales están escritas en la Biblia, que es la Palabra de Dios, por esa razón es viva y eficaz y más cortante que toda espada de doble filo (Hebreos 4:12). El mismo Verbo es Jesucristo, que desde el Principio estaba con el Padre (Juan 1:1), a lo que se traduce que Jesucristo mismo es la Palabra.

La Iglesia comenzó su historia como un movimiento mundial en el día de Pentecostés, a finales de la primavera del año 30 d.C., cincuenta días después de la resurrección de Cristo y diez días después de que el Señor Jesús ascendiera a los cielos (Hechos 1:9-11, Hechos 2:1-13).

Cristo vino con el propósito de salvarnos de la condenación con la cual arrastrábamos a raíz del pecado que se insertó por herencia en nosotros por Adán y Eva (Génesis 3:6). Para esto, Él debía dar su vida (Romanos 6:23) encarnando como humano. Fue tentado en todo pero sin pecado (Hebreos 4:15). Jesucristo padeció también de hambre, frío, calor, etc, igual que un ser humano; todo esto con el propósito de someterlo todo a sí mismo para luego entregar la victoria a la Iglesia, a la cual también vino a enseñar, comenzando por doce personas a la cuales Él eligió y llamó discípulos.

El Espíritu Santo, el Consolador por excelencia era el que nos iba a ayudar a vivir la vida en el Espíritu de acuerdo a como Cristo mismo la vivió y enseñó; iba a ser Dios dentro de nosotros para poder vencer y llevar a cabo la obra del Señor (Juan 16:7-11). Con Dios en nosotros es la única forma de poder vencer, por eso Cristo prohibió a los discípulos que anunciasen el Evangelio hasta tanto esta promesa hubiese llegado a ellos. Él especificó que recibirían poder al recibir al Espíritu Santo (Hechos 1:8).

Al llegar Pentecostés, comienza el gran avivamiento. Todos estuvieron esperando esta promesa en ruego, oración y unidad. Fue tan grande y poderosa esta manifestación sobre los 120, que vieron descender desde lo alto, lenguas de fuego que se asentaron sobre sus cabezas. En Hechos de los Apóstoles, en el capítulo 2, podemos ver que este suceso marcó un efecto triple:

1. El Espíritu Santo aclaró y encendió sus mentes.

2. Tuvieron un nuevo concepto de lo que en esencia es el reino de Dios: no era otro imperio político más, sino un reino espiritual donde el Señor; ascendido e invisible, gobernaba activamente sobre sus vidas.

3. Recibieron una devoción de espíritu y un poder explicativo tal que su testimonio era convincente para quienes los escuchaban.

Al principio, la teología o creencia de la Iglesia era

sencilla y elemental. Fue Pablo quien desarrolló la teoría sistemática más tarde. Sin embargo, hay tres doctrinas prominentes que se resaltan en los discursos del apóstol Pedro y que se consideran esenciales:

1. Que Jesús es el Mesías que por tanto tiempo la nación de Israel esperó y que ahora, gobernaba en el Reino de los Cielos, a quien cada creyente debía de mostrar tres cosas:
   A. Genuina lealtad personal
   B. Reverencia
   C. Obediencia

2. Que Jesús había muerto y resucitado al tercer día y que ahora vivía como cabeza de la Iglesia para no morir jamás. (Romanos 10:9;1 Pedro 1:36).

3. La Segunda Venida de Jesús, en la cual así mismo como ascendió, regresaría para establecer Su reino aquí en la tierra. (Hechos 1:11; 1 Pedro 1:7; 2 Pedro 3:10).

Aunque Jesucristo no anunció fecha específica para Su regreso a la tierra (Mateo 24:36), la expectativa era para que llegase en aquella generación.

De aquí podemos entender lo que es la doctrina fundamental dentro del contexto bíblico, que identifica a la Iglesia del Señor, reconociendo a Dios Padre, a Jesucristo Su Hijo y al Espíritu Santo (2 Corintios 13:14).

Ante todo esto, antes de explicar sobre la simbología y los frutos del Espíritu Santo, para sumergirnos aún más en la correcta doctrina bíblica, es muy importante que sepamos definir bien, sin confusión, nuestro doble encuentro con el Espíritu Santo al comenzar en este hermoso camino de salvación. Este doble encuentro nos lleva al concepto de bautismo. Veamos primero la definición del concepto desde la correcta perspectiva bíblica.

## Bautismo

Es la acción de bautizar, y se expresa en el nuevo testamento con el verbo griego 'baptízdo', que significa introducir en el agua, sumergir, o lavar con agua.

El bautismo en agua precisamente tipifica, la muerte del yo y el nacer de nuevo en Cristo Jesús, como se lo predicó Cristo a Nicodemo (Juan 3:1-15). Por esto se entiende que existen dos encuentros directos fundamentales con el Espíritu Santo en nuestra vida como creyentes, los cuales van definidos y orientados al concepto de bautismo en el espíritu de acuerdo a la Biblia:

### 1. Bautismo Regeneracional

Al ser engendrados por Dios, en el momento de aceptar a Cristo, el Espíritu Santo nos comienza a transformar de acuerdo a la nueva criatura nacida de nuevo en Jesús. En el momento en el que el creyente acepta a Cristo, está aceptando por consiguiente la obra transformadora de Dios Padre, hecha por el Espíritu Santo de acuerdo al carácter de Cristo. En el caso del bautismo en agua, se bautiza en el nombre del Padre, del Hijo y del Espíritu Santo (Mateo 28:19), ya que la Trinidad tiene que ver en el trato divino de Dios con el hombre. La unidad de nuestro Dios trino nunca puede ser rota, esto incluye todos los ámbitos, entre los cuales, la manera de obrar de Dios con el ser humano. Cristo mismo explicó que un reino dividido no puede permanecer (Mateo 12:25).

El bautismo de la regeneración es de fundamental importancia, ya que nos prepara para nuestro segundo encuentro con Dios a través de Su Santo Espíritu y nos evidencia como Hijos de Dios, ya que este bautismo va manifiesto en el creyente de acuerdo a los frutos del Espíritu. Recordemos lo que dijo Jesús: "Por sus frutos los conoceréis" (Mateo 7:16-20).

"**Nos salvó, no por obras de justicia que nosotros hubiéramos hecho, sino por su misericordia, por el** lavamiento de la regeneración y por la renovación del Espíritu Santo" (Tito 3:5).

## 2. Bautismo Pentecostal

En este bautismo es manifiesto en nosotros las lenguas por señal. Recordemos que Cristo dijo:

**"Y estas señales seguirán a los que creen. En mi nombre echarán fuera demonios; hablarán nuevas lenguas..."** (Marcos 16:17).

Se le llama bautismo pentecostal porque, como vimos anteriormente, en el día de Pentecostés, en el caso de los apóstoles, fue una vívida manifestación de Dios a través de Su Santo Espíritu por medio del hablar en diferentes lenguas que constituyen una mezcla de varios lenguajes humanos de diferentes países y culturas. Este bautismo no es sólo para algunos creyentes, sino que como vimos en el versículo anterior, Dios no le hace acepción, es una señal que sigue a todo aquel que va en el Nombre de Jesús, esperando el tiempo designado por Dios para un propósito específico. En el caso de Pentecostés, no hubo ni uno de los apóstoles que no recibiese este bautismo. A través de este regalo tan hermoso, Dios nos provee de tres ventajas a través de Su Santo Espíritu para vivir conforme a la piedad y a la victoria espiritual:

*a. Nos ayuda a orar como conviene.*

" Y de igual manera el Espíritu nos ayuda en nuestra debilidad; pues qué hemos de pedir como conviene, no lo sabemos, pero el Espíritu mismo intercede por nosotros con gemidos indecibles" (Romanos 8:26).

*b. Nos orienta en cuanto a la intercesión por nuestros hermanos en la fe.*

"Mas el que escudriña los corazones sabe cual es la intención del Espíritu, porque conforme a la voluntad intercede por los santos" (Romanos 8:27).

### c. Nos edifica a nosotros mismos como cristianos.

"El que habla en lengua extraña así mismo se edifica" (1 Corintios 14:4ª).

Este bautismo en el Espíritu, no es parte de un don, como en el caso del don de lenguas, del cual nos habla Pablo en 1 Corintios 12 y 14, ya que en ese caso, Pablo habla de un don continuado, en forma de expresión extática e ininteligible, lo cual constituye lenguas angélicas.

El bautismo pentecostal es también señal a los incrédulos, al igual que el don de lenguas, pero para la edificación de los creyentes de una iglesia determinada, debe de haber un intérprete (1 Corintios 14:22).

A través de las lenguas por señal, el Espíritu Santo da también testimonio de Su obra en nosotros. Los apóstoles testificaron de Cristo, por medio del Santo Espíritu de Dios, y Él también a través de ellos dio testimonio a los incrédulos de aquel entonces (Hechos 2: 1-11). También estuvo presente el propósito de que los apóstoles estuviesen completamente seguros que habían sido bautizados en el Espíritu Santo, conforme a como Cristo prometió (Lucas 24:49). Otras ocasiones históricas en las cuales fueron manifiestas estas lenguas como señal, por testimonio del Espíritu Santo, fue en la Casa de Cornelio (Hechos 10:44-46), ya que los judíos no creían que los gentiles podían ser parte del reino de Dios, y en esto intervino el Espíritu Santo para hacer evidente Su obra también en el pueblo gentil y no sólo en el judío. También podemos encontrar el caso de los discípulos de Juan el Bautista en Éfeso (Hechos 19:1-6), que ni habían oído hablar del Espíritu Santo, y las lenguas por señal les fueron dadas para confirmar que habían recibido al Espíritu Santo.

Es importante que sepamos que éste derramamiento ya había sido profetizado en el Antiguo Testamento por el profeta Joel (Joel 2:28,29) y por el profeta Isaías (Isaías 28:10-13), además de que Juan el bautista, en el Nuevo testamento, también lo anunció de parte de Dios (Mateo 3:11).

# Simbología del Espíritu Santo y su significado

Debemos entender que al igual que Dios Padre y Dios Hijo, el Espíritu Santo posee los mismos atributos como Dios, pero tiene una función diferente en nosotros. Debemos conocerlo cada vez más a través de nuestro tiempo separado para Dios, el cual debe corresponder a lo primero y no a la sobra. Recordemos que será el Espíritu Santo el motor que nos impulse en el rapto al cielo a recibir a Cristo en la nubes ¡ALELUYA! (Tito 2:13). El Espíritu Santo tiene, de acuerdo a la Palabra, una variada representación simbólica la cual, a su vez, describen su misión y propósito para con nosotros aquí en la tierra:

*1. Fuego*

La mayoría de las veces que aparece la palabra "fuego" en la Biblia, se hace en sentido figurado como una manera para describir determinados aspectos de Dios y Su acción sobre la tierra. Representa Su presencia protectora (2 Reyes 6:17), Su gloria (Ezequiel 1:4,13), Su santidad y poder (Deuteronomio 4:24), Su justicia, (Malaquías 3:2), Su ira contra el pecado (Jeremías 4:4) y Su palabra penetrante (Jeremías 5:14).

El fuego quema y purifica. El Espíritu Santo transforma al cristiano a través de su fuego santificador, quemando toda escoria de la vieja criatura para que quede por completo sepultada y viva en el cristiano el carácter de Cristo, que es lo que le da vida al ser nacido de nuevo. Recordemos además también que nuestras obras van a ser probadas por el fuego (1 Corintios 3:13).

Como metáfora de la santidad de Dios el fuego puede purificar o destruir. Un ejemplo lo tenemos con el pueblo de Israel, al cual purificó Dios por medio de experiencias duras como el cautiverio babilónico; no porque quiso eso desde el principio para Su pueblo, sino porque ellos no aceptaron vivir de acuerdo a Dios.

" ¿Y quién podrá soportar el tiempo de su venida? ¿O quién podrá estar en pie cuando se manifieste? Porque él es como fuego purificador, y como jabón de lavadores" (Malaquías 3:2)

### 2. Agua

El agua es el elemento que da la vida, sin el agua los animales, las plantas y el ser humano desaparecerían, ya que su escasez aniquilaría con ardiente sed. De esta misma manera, el Espíritu Santo es indispensable a nuestro espíritu. Él es quien le da vida, por eso es que todo aquel que no ha aceptado a Cristo vive en muerte espiritual (Juan 5:24), porque el Espíritu Santo es lo único que puede vivificar al espíritu humano y mantenerlo en vida. Fíjese que a veces en la Biblia, el agua representa la Palabra de Dios (Amós 8:11); que como hemos mencionado es el mismo Jesucristo, ya que Él es el Verbo que desde el principio estaba con el Padre (Juan 1:1), y el mismo Jesús dijo a los apóstoles que cuando el Espíritu Santo llegara, nos iba a recordar todo lo que Él (Cristo) había dicho. Además, Cristo reveló que el Espíritu Santo nos iba a enseñar todas las cosas (Juan 14:26).

"El que cree en mí, como dice la Escritura, de su interior correrán ríos de agua viva".
Esto dijo del Espíritu que habrían de recibir los que creyesen en él, pues aún no había venido el Espíritu Santo, porque Jesús no había sido aún glorificado" (Juan 7:38-39).

### 3. Viento

Como el viento puede limpiar la atmósfera y desvanecer la contaminación que constantemente se produce en el medio ambiente; así hace también el Espíritu Santo en la vida del creyente, para que éste prevalezca y también permanezca la santificación desde su comienzo y en su continuo crecimiento.

"El Espíritu de Dios me hizo, y el soplo del omnipotente me dio vida" (Job 33:4).

### 4. Paloma

La paloma, fácilmente amansada, tipifica la paz y la reconciliación. Figura en la salvación de Noé y su familia del diluvio (Génesis 8:10,11), como también en el bautismo de Jesús, nuestro Salvador y reconciliador por excelencia.

Fíjese que la paloma representa tres características importantes: pureza, paz y paciencia. Precisamente la paz y la paciencia son frutos del Espíritu Santo, los cuales a su vez producen pureza porque estos frutos nos muestran el carácter de Cristo (Gálatas 5:22,25).

**"También dio Juan testimonio, diciendo: Vi al Espíritu que descendía del cielo como paloma, y permaneció sobre él" (Juan 1:32).**

### 5. Vino

El vino nos hace recordar claramente que sin derramamiento de sangre no hay remisión de pecados (Hebreos 9:22). Éste fue el precio que Jesucristo tuvo que pagar: Su Sangre. Además, el vino representa la alegría, no teniendo esto nada que ver con los que se emborrachan, como le dijeron a los apóstoles (Hechos 2:1-4), sino que todo es representado en la tipología espiritual simbólica del Espíritu Santo en base al gozo que sentimos por nuestra salvación.

Jesús relacionó sus enseñanzas con el vino nuevo que no se puede echar en odres viejos (Mateo 9:17), indicando que el cristianismo no podía ser capaz de expresarse dentro de los moldes antiguos del judaísmo.

**"A todos los sedientos: Venid a las aguas; y los que no tienen dinero, venid, comprad sin dinero y sin precio, VINO y leche" (Isaías 55:1).**

### 6. Arras

Las arras era algo que se daba como prenda o en señal de algún contrato, o el primer abono como seguridad del pago de toda la deuda. Aparece tres veces en el Nuevo Testamento, siempre refiriéndose al Espíritu Santo dado por Dios al cristiano como una garantía y anticipación de las bendiciones superiores en el futuro.

"El cual también nos ha sellado, y nos ha dado las arras del Espíritu en nuestros corazones" (2 Corintios 1:22).

"Mas el que nos hizo para esto mismo es Dios, quien nos ha dado las arras del Espíritu" (2 Corintios 5:5).

"...que es las arras de nuestra herencia hasta la redención de la posición adquirida, para alabanza de su gloria" (Efesios 1:14).

### 7. *Sello*

El Espíritu Santo sella a todos aquellos que han aceptado a Cristo como su único Señor y Salvador personal para el día de la redención.

"En él también vosotros, habiendo oído la palabra de verdad, el evangelio de nuestra salvación, y habiendo creído en él, fuisteis sellados con el Espíritu Santo de la promesa" (Efesios 1:13).

"Y no contristéis al Espíritu Santo de Dios, con el cual fuisteis sellados para el día de la redención" (Efesios 4:30).

Note también que son siete los símbolos del Espíritu Santo. Teológicamente se conoce el siete como número de plenitud y de perfección, que son a su vez las siete cualidades del Espíritu Santo manifiestas en la persona del Unigénito Hijo de Dios, como nos dice en la siguiente profecía mesiánica:

"Y reposará sobre Él el Espíritu de Jehová; espíritu de sabiduría y de inteligencia, espíritu de consejo y de poder, espíritu de conocimiento y de temor de Jehová" (Isaías 11:2).

Estas cualidades también son manifiestas en el creyente como herencia por medio de Jesucristo.

## El fruto del Espíritu Santo
(Gálatas 5:22-25)

El fruto del espíritu tiene un total de nueve manifestaciones y todo fundamentado en la principal manifestación que es el amor; esto forma parte de la unción interna del creyente. La unción es la consagración del creyente a Dios para la realización de propósitos divinos, y en este caso, cuando hablamos de una unción interna, sabemos que es aquí en donde se fundamenta toda nuestra capacitación para llevar a cabo nuestro propósito escogido por Dios desde antes de la fundación del mundo.

El fruto del espíritu es el sentir de Dios, y que a su vez, como habíamos visto antes, constituyen nuestro primer encuentro fundamental con el Espíritu Santo en el Bautismo Regeneracional.

### 1. El amor

Ágape (del griego agapé, "amor"), es la entrega de sí mismo que hace que la persona que ama, así como el deseo de poseer al ser amado. El ágape, amor, no se limita al campo humano, sino que es también una relación de la persona con Dios. Para el cristiano, la iniciativa del amor parte de Dios. La respuesta del que se siente amado es también el amor, que ha de abarcar a todos los hombres y mujeres sin distinción de raza, sexo, color, o cierto tipo de posición social. Jesús es la gran revelación de esta forma de amor que debe de ser la principal característica que diferencia al cristiano.

Podemos cumplir toda la ley de Dios por medio de esta manifestación, fruto del espíritu, llamado EL AMOR. Esto es evidencia de la naturaleza divina en acción y la sepultura de la naturaleza caída manifiesta por medio del fruto de la carne. Jesús resume la ley en el mandamiento del amor a Dios y al prójimo, ya que ambos están estrechamente vinculados:

"Y uno de ellos, intérprete de la ley, preguntó por tentarle diciendo: Maestro, ¿cuál es el gran mandamiento en la ley? Jesús le dijo: Amarás al Señor tu Dios con todo tu corazón, y con toda tu alma, y con toda tu mente. Este es el primero y grande mandamiento. Y el segundo es semejante: Amarás a tu prójimo como a ti mismo. De estos dos mandamientos depende toda la ley y los profetas" (Mateo 22:35-40).

El amor a Dios y al prójimo debe de estar siempre vigente y definido. La idea del prójimo se ensancha para referirse a todo aquel que tiene necesidad (Lucas 10:29-37) y específicamente al que es nuestro enemigo (Mateo 5:44).

"El que no ama, no ha conocido a Dios; porque Dios es amor" (1 Juan 4:8).

Las características del amor manifestadas en las Escrituras significan el fundamento de la elección; ya que se refiere a lo personal, voluntario y selectivo. El amor a su vez es espontáneo, justo, exige la justicia, es fiel a su pacto, es exclusivo, ya que demanda una respuesta total, y es además redentor. El amor significa vivo afecto, y está entrelazado con el perdón, el cual debemos tomar como un estilo de vida para poder tener la libertad en nuestro corazón y saber que genuinamente hemos aceptado a Jesús, ya que Él es el Camino, LA VERDAD y la Vida (Juan 14:6 ), y solamente la verdad puede hacernos libres cuando la conocemos y la aceptamos (Juan 8:32). Esta verdad se basa en el amor, y en el amor está presente también el perdón; es la esencia de Cristo Jesús, manifiesta en nosotros por el Espíritu Santo.

En una ocasión, Pedro le preguntó a Jesús cuantas veces debía de perdonar a su hermano que pecare contra él, Cristo le respondió que hasta setenta veces siete (Mateo 18:21,22). Si multiplicamos: 70 X 7= 490, estamos hablando de 490 veces diarias que hay que perdonar al hermano. Nadie es capaz de ofender a otro ese número de veces diarias, ni tampoco nadie perdonaría ese número tan alto de ofensas. Lo que Cristo quiso decir fue que si contamos las veces que perdonamos, entonces no lo hacemos con nuestro corazón, y la multiplicación se refiere al perdón como algo comúnmente practicable por el cristiano.

En la parábola del siervo infiel, vemos otro ejemplo bíblico de cómo debemos perdonar por el amor de Dios las deudas de los demás, así como Dios nos perdonó la deuda impagable e inmerecida del pecado, por medio del cual estábamos todos rumbo a la condenación ( Lucas 12:41). De otra forma, sin el arma más poderosa, que es el amor, no podremos perdonar y Dios nos entregará a los verdugos, que son los demonios, los cuales van a estar haciendo tortura de raíces de amargura y odio en nuestro corazón. Dios no puede escuchar la oración de una persona sin amor y con falta de perdón (Mateo 18:35, Marcos 11:25). Esto por consiguiente llevará a la persona al fracaso espiritual.

Cuando hablamos del amor de Dios, cabe mencionar ciertos tipos que engloban este concepto de acuerdo a como ya hemos definido y que corresponden a su completa definición dentro de la perspectiva bíblica.

### A. El amor declarado
"y la esperanza no avergüenza; porque el amor de Dios ha sido derramado en nuestros corazones por el Espíritu Santo que nos fue dado"(Romanos 5:5).

### B. El amor manifestado
"Porque de tal manera amó Dios al mundo, que ha dado a su Hijo Unigénito, para que todo aquel que en él cree, no se pierda, más tenga vida eterna" (Juan 3:16).

### C. El amor inmerecido
"Mas Dios muestra su amor para con nosotros, en que siendo aún pecadores, Cristo murió por nosotros" (Romanos 5:8).

### D. El amor testificado

"Pero cuando venga El Consolador, a quien yo os enviaré del Padre, el Espíritu de Verdad, el cual procede del Padre, él dará testimonio acerca de mí. Y vosotros daréis testimonio también, porque habéis estado conmigo desde el principio" (Juan 15:26,27).

"Y nosotros hemos visto y testificamos que el Padre ha enviado al Hijo, el Salvador del mundo. Todo aquel que confiese que Jesús es el Hijo de Dios, Dios permanece en él, y él en Dios" (1 Juan 4: 14,15).

### E. El amor correspondido

"Nosotros le amamos a él, porque él nos amó primero. Si alguno dice: Yo amo a Dios, y aborrece a su hermano, es mentiroso. Pues el que no ama a su hermano a quien ha visto, ¿cómo puede amar a Dios a quien no ha visto? (Juan 4:19,20).

### 2. El Gozo

Como fruto del espíritu, el gozo no es simplemente una emoción, sino un bienestar y una calidad de vida que se basa en la eterna y segura relación de Jesucristo y El Padre; es una alegría permanente a la cual todos estamos llamados a experimentar. El gozo cristiano es tan inclusivo y permanente que puede sentirse al sacrificarse por la causa de Cristo, que no sólo significa morir por Su causa, como en el caso de la iglesia primitiva y de muchos cristianos de hoy en día en países que prohíben el evangelio; sino que también incluye a aquellos que sacrifican su trabajo, posición social, etc, por el llamado, como un acto de fe y de suma consagración a nuestro Eterno y Poderoso Dios de acuerdo a como les ha sido revelado el propósito divino particular a sus vidas.

Este gozo también surge al testificar por Cristo o al tener un encuentro personal con el Espíritu Santo, quien nos revelará a Cristo por medio de Su carácter.

JESUCRISTO mismo es la fuente de ese gozo por

encima de toda circunstancia negativa: problemas, aflicción, persecución, etc. Un buen ejemplo lo tenemos con Pablo y Silas, que cantaban y entonaban alabanzas al Señor aún cuando habían sido azotados y estaban presos en la cárcel de Filipos (Hechos 16:25). Esto es prueba del gozo en medio de la aflicción, porque es un gozo enfocado en lo espiritual que a su vez es eterno, no en lo terrenal. Ese gozo surge porque el Espíritu Santo abre entendimiento a nuestro espíritu al reconocer que a los que amamos a Dios y estamos conforme a Su propósito o llamado individual de parte del Altísimo, todas las cosas nos ayudan a bien (Romanos 8:28). Jesús mismo, en Su último discurso a Sus discípulos, afirmó la promesa de la realización de Su gozo en ellos, y por ellos a nosotros.

**"Hasta ahora nada habéis pedido en mi nombre; pedid, y recibiréis, para que vuestro gozo sea cumplido" (Juan 16:24).**

### 3. Paz

La paz que Dios promete no es una paz pasajera, sino una paz que sobrepasa todo entendimiento y conocimiento dentro del raciocinio humano (Filipenses 4:7). Es la paz del alma, es todo lo opuesto al afán (Lucas 8:14), el cual ahoga y asfixia la Palabra de Dios en nosotros para impedir que ésta dé su fruto. Cuando hablamos de paz hablamos de tranquilidad y sosiego. Precisamente, en la Biblia, se nos presenta como parte de la armadura espiritual, específicamente el calzado (Efesios 6:15). La falta de paz en nuestras vidas se debe muchas veces a la desobediencia a Dios; en el caso del Antiguo Testamento vemos un ejemplo, en el cual Dios le promete a Israel el fin de las guerras y el advenimiento de la paz en recompensa por guardar su pacto y sus enseñanzas (Levítico 26:6). La verdadera paz interior proviene de Dios, y es una paz perpetua que emana en nosotros al vivir en sujeción a Él (Isaías 48:18).

Precisamente, en las profecías mesiánicas, se destaca vivamente la paz, al anunciar a Cristo como Príncipe de este fruto del Espíritu (Isaías 9:6), y que esa paz anunciada que llegaría a través de Él (Cristo) sería perdurable (Isaías 9:7). Además, en Nahum 1:15, se anuncia el Evangelio de Paz, y Cristo es el cumplimiento de esta profecía. Fíjese que el coro angelical que presenciaron los pastores en Belén al nacer Jesús anunció paz en la tierra por medio de Cristo (Lucas 2:14).

**"La paz os dejo, mi paz os doy; yo no os la doy como el mundo la da. No se turbe vuestro corazón ni tenga miedo" (Juan 14:27).**

**"Estas cosas os he hablado para que en mí tengáis paz. En el mundo tendréis aflicción; pero confiad, yo he vencido al mundo" (Juan 16:33).**

Nuestro pensamiento debe estar orientado a creer en esa paz, para que nuestra mente sea cubierta con ella por medio del yelmo de la salvación (Efesios 6:17ª), y así mismo, todo lo contrario a esa paz sea echado fuera.

**"Tu guardarás en completa paz a aquel cuyo pensamiento en ti persevera" (Isaías 26:3).**

### *4. Paciencia*

De acuerdo al carácter de muchos de nosotros, la paciencia no es fácil, pero debemos recordar que nuestra vieja criatura ha sido crucificada en la cruz con Cristo hace un poco más de 2,000 años atrás. Si dividimos la palabra, vemos que son la unión de paz y ciencia. Envuelve una espera de acuerdo a la gracia de Dios en nosotros a no reaccionar de una manera errónea ante las situaciones. Dios es paciente aún para los que merecen castigo por cualquier acto pecaminoso determinado (Oseas 3:8), ofreciendo nueva oportunidad (Romanos 9:22) y tiempo para arrepentirse (2 Pedro 3:9). Como cristianos se supone que reflejemos la paciencia divina de Dios en nosotros en relación a los demás, teniendo una firmeza celestial de no reaccionar erróneamente, ya que esto daña el evangelio y nuestro testimonio como seguidores de Jesucristo. Por eso en la Palabra se nos dice: "Airaos, pero no pequéis; no se ponga el sol sobre vuestro enojo, ni deis lugar al diablo" (Efesios 4:26,27). Necesitamos también la paciencia para esperar el tiempo de Dios determinado para con nosotros desde antes de la fundación del mundo; esto es para cada petición que tengamos delante de Él, para nuestro tiempo en relación a nuestro llamado ministerial, etc. Así como Cristo se sometió al Padre en paciencia a Él, para que en Cristo mismo se cumpliese toda justicia, así mismo debemos hacer nosotros.

"El cual, siendo en forma de Dios, no estimó ser igual a Dios como cosa a qué aferrarse, sino que se despojó a sí mismo, tomando forma de siervo, hecho semejante a los hombres; y estando en la condición de hombre, se humilló a sí mismo, haciéndose obediente hasta la muerte, y muerte de cruz. Por lo cual Dios también le exaltó hasta lo sumo, y le dio un nombre que es sobre todo nombre, para que en el nombre de Jesús se doble toda rodilla de los que están en los cielos, y en la tierra, y debajo de la tierra; y toda lengua confiese que Jesucristo es el Señor, para gloria de Dios Padre" (Efesios 2:6-11).

### 5. Benignidad

El creyente benigno es generoso y tiene un deseo ferviente y constante por hacer el bien a las demás personas. Nunca acusa las faltas de los demás sino que muestra simpatía por los que están agobiados y ayuda a la resolución de sus problemas. Esta persona es pacífica, gentil, muy sumisa y difícilmente se ofende. Este es el tipo de persona que se nos define en Proverbios 15:1ª : "La blanda respuesta quita la ira".

### 6. Bondad

La bondad, primeramente implica un genio manso y apacible, a su vez que una inclinación a hacer el bien. Es el producto de una vida llena de luz del Señor. Todo el resultado de una vida de suma consagración a Dios. Un verdadero creyente es bondadoso, sin excepción a nadie.

### 7. Fe

El sinónimo específico de la fe, como fruto del espíritu, es la fidelidad, la cual a su vez la podemos definir como un atributo de Dios manifiesto en el creyente, que se presenta unido al amor que salva, socorre y perdona. Dios guarda lealtad así mismo a Su palabra dada, ya que Él honra la palabra que habla, la cual a su vez no vuelve atrás vacía (Isaías 55:11). En Hebreos 11:1, se nos dice que la fe es "la certeza de lo que se espera y la convicción de lo que no se ve", recordando también que en el Nuevo Testamento no se habla de la fe solamente como una actitud acción. Siempre se muestra el concepto de fidelidad y obediencia a Dios.

Podemos ver un buen ejemplo en Gálatas 5:19-23, en la diferenciación entre las obras fundamentadas en la carne y los frutos del espíritu, lo cual a su vez evidencia que la fe como fruto del Espíritu, se refiere a la fidelidad del cristiano. Esta fidelidad tiene un principio motor: El amor. A esta fidelidad Dios le tiene reservada gran recompensa pero exige mucha lucha, vigilancia y oración, más aún en estos tiempos finales (Apocalipsis 13:10; 14:12).

**"Porque en el evangelio la justicia de Dios se revela por fe y para fe, como está escrito: Mas el justo por la fe vivirá" (Romanos 1:17).**

### 8. Mansedumbre

Un creyente manso es una persona moderada, dócil y apacible. Posee una actitud de humildad, la cual contrasta en su diferenciación con lo que es la vanagloria, orgullo, arrogancia y la poca sensibilidad con la persona pobre y débil.

Al ser mansos estamos en un mutuo acuerdo con Dios en llevar a cabo según Su dirección, las tareas humildes y pequeñas. Este fruto del Espíritu no impulsa a las personas a defenderse ni a responder a los atacantes con el mismo ataque, deja todo en las manos de Dios a través de una espera para que, personalmente, el Espíritu Santo se encargue de la resolución de esa situación o problema. El primer ejemplo de mansedumbre lo tenemos con la vida de nuestro Señor Jesucristo cuando estuvo encarnado aquí en la tierra. Él, además enseñó en el Sermón del Monte, a través de las bienaventuranzas, que todo aquel que era manso era bienaventurado y que iba a recibir la tierra por heredad (Mateo 5:5). Como otro ejemplo podemos poner a Moisés. Aún cuando se revelaban contra su liderazgo, dado a él por Dios, le dejaba todo al Señor para que obrara, su mansedumbre era tal que la Biblia lo reconoce como el más manso de todos los hombres de la tierra que existían en aquel entonces (Números 12:3), y Dios siempre obraba y lo protegía de cualquier rebelión del pueblo de Israel.

**"Por lo cual, desechando toda inmundicia y abundancia de malicia, recibid con mansedumbre la palabra implantada, la cual puede salvar vuestras almas" (Santiago 1:21).**

### 9. Templanza

La templanza significa actuar con moderación, pero también, principalmente, es el dominio propio que surge como el resultado de la autodisciplina. Este fruto nos ayuda a ser sobrios (Tito 2:2).

A través de la templanza vamos a llegar a ser capaces de obtener una moderación para todas las cosas, como ejemplo: al utilizar los bienes materiales, el consumo de alimentos, (Efesios 5:8) y la sexualidad (1 Corintios 7:9). A través de este dominio propio, que llega a su vez con la templanza, seremos capaces de regular nuestro comportamiento moral por medio de la ayuda de Dios.

"Porque no nos ha dado Dios espíritu de cobardía, sino de poder, de amor y de dominio propio" (2 Timoteo 1:7).

Ahora que conocemos estos nueve frutos del Espíritu Santo es importante saber que se dividen en tres grupos:

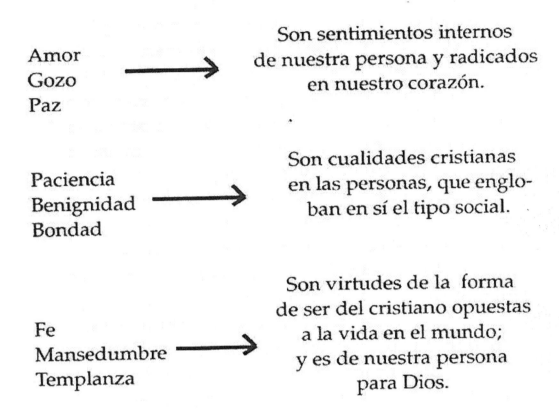

## Los Dones del Espíritu Santo

La expresión de los dones tiene su origen en dos palabras griegas:

**a) Carisma:** que viene representado por dádiva, y que muestra que la manifestación tiene sus raíces en la gracia de Dios.

**b) Panerosis:** Lo cual transciende de la manifestación vívida del Espíritu Santo, por medio de los miembros del cuerpo de Cristo, encargados del crecimiento espiritual de la iglesia por medio de la edificación y restauración (1 Corintios 14:12).

Cuando hablamos de los dones del Espíritu Santo estamos hablando de una unción externa con la cual el creyente; con un determinado llamado hecho por Dios hacia su persona, es capaz de llegar a desarrollar plenamente su ministerio cuando es todo realizado conforme a la voluntad de Dios y para Su gloria. Esto también una vez que el carácter ha sido totalmente cambiado por los frutos del Espíritu; lo cual lleva al éxito espiritual, en una mutua interacción entre las unciones interna y externa.

Esta unción es una capacitación divina que evidencia el plan de Dios en la persona para la manifestación del reino de Dios aquí en la tierra y que es a su vez de testimonio de la grandeza de nuestro Creador.

El Apóstol Pablo enseña que el pueblo tendrá distintos dones (1 Corintios 12:29). La Biblia nos enseña también que cada uno debe ministrar conforme al don que ha recibido, como buenos administradores de la multiforme gracia de Dios (1 Pedro 4:10).

En Romanos 12:7-8, se nos muestra que cada uno de nosotros tendrá al menos un don de motivación como servicio, enseñanza, exhortación, reparto generoso, liderazgo y misericordia. Desafortunadamente uno de los graves problemas de hoy en día y que ha causado divisiones y problemas graves en la Iglesia durante casi toda su historia es que muchos creyentes tienen estos dones pero no los consideran importantes. Pablo nos pone como ejemplo que todos somos parte del Cuerpo de Cristo y que cada miembro, por más pequeño que sea, es parte del cuerpo y sin él no se puede llevar a cabo la función completa del cuerpo.

**"Mas ahora Dios ha colocado los miembros cada uno de ellos en el cuerpo, como él quiso. Porque si todos fueran un solo miembro, ¿dónde estaría el cuerpo? Pero ahora son muchos los miembros pero el cuerpo es uno solo. Ni el ojo puede decirle a la mano: No te necesito, ni tampoco la cabeza a los pies: No tengo necesidad de vosotros. Antes bien los**

miembros del cuerpo que parecen más débiles son los más necesitados; y aquellos del cuerpo que nos parecen los menos dignos, a éstos vestimos más dignamente; y los que en nosotros son menos decorosos, se tratan con más decoro" (1 Corintios 12:18-23).

Recordemos que va llegar el momento en el que tengamos que dar cuentas de estas cosas a Dios.

"Porque es necesario que todos comparezcamos ante el tribunal de Cristo, para que cada uno reciba según lo que halla hecho mientras estaba en el cuerpo, sea bueno o sea malo" (2 Corintios 5:10).

Todas nuestras obras van a ser probadas como el fuego, lo que no es de Dios se quemará.

"Y si sobre este fundamento alguno edificare oro, plata, piedras preciosas, madera, heno, hojarasca, la obra de cada uno se hará manifiesta; porque el día la declarará, pues por el fuego será revelada; y la obra de cada uno cual sea, el fuego la probará" (1 Corintios 3:12,13).

Principalmente, son nueve los dones del Espíritu Santo, éstos se dividen en tres grupos:

### 1. Los Dones de revelación

*Palabra de ciencia o conocimiento
*Palabra de sabiduría
*Discernimiento de Espíritus

### 2. Los Dones de poder
*Fe
*Sanidades
*Milagros

### 3. Dones de Inspiración
*Profecía
*Género de lenguas
*Interpretación de lenguas

De allí en adelante es importante que conozcamos cada don con detalle.

### 1. Palabra de ciencia o conocimiento.

Es la manifestación dada por el Espíritu Santo para dar a conocer una verdad oculta ya transcurrida en el tiempo pasado y revelarla en el tiempo presente para tratar con un determinado caso humanamente no conocido.

Es un don que se da sólo cuando Dios decide mostrar a la persona a través de varios medios como lo son la visión, sueños o éxtasis (Hechos 9:10), voz audible (1 Samuel 9:15), hablando a la persona directo a su corazón (Hechos 10:19), o por medio de un ángel que Dios envíe (Hechos 8:26).

La palabra de ciencia se vale de objetivos específicos:

#### a. Hallar cosas que se han extraviado

"Y de las asnas que se te perdieron hace ya tres días, pierde cuidado de ellas, porque se han hallado" (1 Samuel 9:20ª).

#### b. Encontrar a personas escondidas

"Preguntaron, pues, otra vez a Jehová si aún habían venido aquel varón. Y respondió Jehová: He aquí que él está escondido en el bagaje" (1 Samuel 10:22).

#### c. Revelar el pecado en medio del pueblo

"Israel ha pecado, y aun han quebrado mi pacto que yo les mandé; y también han tomado del anatema, y hasta han hurtado, han mentido, y aún lo han guardado entre sus enseres" (Josué 7:11).

#### d. Conocer los pensamientos de los hombres

"Pero Jesús mismo no se fiaba de ellos, porque los conocía a todos" (Juan 2:24).

#### e. Traer a conocimiento los planes secretos de nuestros enemigos, que no son otra cosa que instrumentos del diablo para tratar de destruirnos. (2 Reyes 6:8-12).

*f. Alentar a la persona con desaliento (1 Reyes 19:4-18).*

*g. Llevar a cabo un excelente servicio para la obra de Dios, obedeciendo a las instrucciones dadas de su parte, como en el caso de Felipe y el Etíope (Hechos 8: 26-39).*

*h. Suplir al auxilio de cualquier tipo de necesidad requerida en el determinado y específico momento (Mateo 17:24-27).*

## 2. Palabra de sabiduría.

Este don del Espíritu Santo consta de una revelación sobrenatural de la mente o del plan que tiene Dios acerca del futuro, se manifiesta cuando Dios trae al suceso presente un trozo o fragmento de hechos que van a suceder. Puede ser también a través de los sueños, como en el caso de José (Génesis 37: 5-10), por una visión, como en el caso del apóstol Juan cuando recibía distintas visiones en la isla de Patmos sobre los eventos del final de los tiempos; de acuerdo también a representaciones simbólicas (Apocalipsis), por medio de un ángel también, como cuando el Arcángel Gabriel anunció a María que de ella iba a nacer el salvador del mundo, nuestro Señor Jesucristo, y que el Espíritu Santo iba a formar en ella la humanidad en la cual nuestro Dios iba a encarnar (Lucas 1:26-34), y es también dado en voz audible. Un ejemplo de este caso es del llamamiento de Dios a Abraham, cuando antes recibía por nombre Abram (Génesis 12:2,3).

Por medio de la palabra de sabiduría, el creyente es alertado de cualquier amenaza futura que ponga en peligro el plan de Dios y la vida de sus instrumentos para la realización de ese plan (Mateo 2:12). Además nos muestra las bendiciones que han de venir (Génesis 28:10-15), y confirma nuestro llamado a un determinado ministerio (Éxodo 3:1-9).

### 3. El discernimiento de Espíritus

Cuando mencionamos la palabra "discernir", hablamos de una palabra que procede del griego "diakrisis", cuyo significado es distinguir. A través del discernimiento, Dios nos va a mostrar a ciertos demonios que están causando algún tipo de mal divisorio en la iglesia, familia, matrimonio, y que traen también enfermedad y confusión, todo para tratar de impedir que la bendición llegue y que la obra de Dios dé su fruto a su tiempo.

La Biblia nos alerta a probar los espíritus si son de Dios (1 Juan 4:1), porque no todo aquel que tenga una Biblia debajo del brazo o aparente ser cristiano tiene que ser necesariamente de Dios. Recuerdo haber escuchado una anécdota sobre una iglesia que en una ocasión le hicieron una invitación a una persona para predicar un domingo. El hombre oró en lenguas y antes de comenzar el mensaje le dijo a la iglesia y al pastor desde el micrófono que ellos no eran de Dios, y que lo podía probar. Lo probó diciendo que él no era evangélico, sino un líder de una iglesia satánica, y que al orar en lenguas maldijo a la iglesia. Por tanto, si la congregación hubiese sido de Dios, como él dijo, hubiese tenido el discernimiento de que él no era cristiano. Esto es un vívido y crudo ejemplo del por qué del don de discernimiento de espíritus, por eso en la Palabra de Dios nos dice que el Espíritu Santo da testimonio a nuestro espíritu de que somos hijos de Dios (Romanos 8:16).

**"Amados, no creáis a todo espíritu, sino probad los espíritus si son de Dios; porque muchos profetas han salido por el mundo. En esto conoced el Espíritu de Dios: todo Espíritu que confiesa que Jesucristo han venido en carne, es de Dios; y todo espíritu que confiesa que Jesucristo no ha venido en carne, no es de Dios; y éste es el espíritu del anticristo, el cual vosotros habéis oído que viene, y que ahora está en el mundo"** ( Lucas 21:8).

## 4. Don de fe

Por medio del don de fe vamos a traer con violencia aquellas cosas que no vemos en el mundo físico pero que pedimos a Dios y que creemos con fuerte convicción para arrastrarlas del campo espiritual. Este don es dado por gracia, precisamente al tener con frecuencia la certidumbre sobrenatural del milagro necesitado, reconociendo que todo es radicado en la soberanía de Dios y no del hombre. El don de fe nos capacita entre algunas cosas, para echar fuera a los demonios que causan opresión en algún lugar, región o persona, como en el caso de Jesús con el endemoniado gadareno (Lucas 8:22-39), puede proveer alimentos en medio de alguna necesidad (Juan 6:1-15). También nos da la capacidad según nuestro llamado, propósito y dirección de Dios, de hasta resucitar muertos (Juan 11:43,44).

## 5. Don de sanidades

Este don es una vívida manifestación del Espíritu Santo que sana cuerpos enfermos, órganos o miembros afectados, lo cual muestra que la persona que es usada viene en el nombre del Señor al mencionar el nombre de Jesús y ocurrir la sanidad. También es de testimonio sobre el acercamiento y el establecimiento del Reino de Cristo aquí en la tierra, y que a su vez le da nuestro Señor y Salvador Jesús toda la gloria y la honra que sólo él se merece.

Un ejemplo de la manifestación de este don lo podemos mostrar con Jesucristo, que siempre sanaba a todos los enfermos (Mateo 8:16). En el caso de los apóstoles, podemos ver por ejemplo a Pedro, que aún con su sombra se sanaban las personas (Hechos 5:15).

Recordemos que Jesucristo es el mismo ayer hoy y por los siglos de los siglos (Hebreos 13:8). Yo mismo he sido testigo de la sanidad de Dios al orar por los enfermos, la sanidad no fue sólo para la iglesia primitiva, es también para nosotros en la época actual.

El don de sanidad se manifiesta por medio de la oración (Santiago 5:15), la palabra que es hablada o declarada (Mateo 8:8-13), al imponer la mano sobre el enfermo (Marcos 16:18), al ungir con aceite (Santiago 5:14), y también por medio de paños o delantales ungidos que el enfermo toca y a su vez recibe con ese toque la sanidad de Dios (Hechos 19:12).

### 6. Don de Milagros

Son manifestaciones de sanidad dadas por el Espíritu Santo en un sentido mucho más amplio, abarcador y aún más sobrenatural. Aquí es en donde se desaparecen quistes, se sanan las personas con sida, cáncer, diabetes, desaparecen las hernias, los ciegos reciben vista, se sanan los tuertos, sale curvatura a los pies planos, se sanan las personas con artritis, aparece plata y oro en las caries, se levanta un paralítico, se crean dedos, piernas y brazos en personas que no tienen, y hasta se resucita a los muertos. Por el don de milagros se sanan las más de treinta enfermedades incurables por la ciencia médica.

Además de la sanidad en un sentido más amplio, el don de milagros abarca también otros tipos de sucesos sobrenaturales que no sólo se limitan a sanar. Un ejemplo de esto lo podemos ver con el profeta Elías, él oró para que no lloviera en Israel por consecuencia de la idolatría y no llovió por tres años y medio. Luego de ese tiempo volvió a orar y llovió, después de que descendiera fuego del Dios del cielo y quemase el holocausto y los profetas de Baal y Asera fuesen decapitados (1 Reyes 17 y 18). También como principal ejemplo, podemos leer en la Biblia sobre el primer milagro de Jesús al convertir el agua en vino (Juan 2:11). Podemos ser testigos de la historia de Moisés, cuando Dios dividió el Mar Rojo (Éxodo 14:21-27), y el hacha que flotó sobre el agua, como en el caso de Eliseo (2 Reyes 6:1-7), sólo por mencionar algunos de los muchos milagros que aparecen en la Sagradas Escrituras.

*7. Don de profecía*

El don de la profecía es una expresión radicada e inspirada en el Espíritu Santo, en un lenguaje que es conocido por el oyente, de aquello que está en la mente de Dios y que Él a su vez quiere dar a conocer.

Puede ser manifiesto por medio de las alabanzas o poesías dedicadas a Dios (Éxodo 15:1-18), la persona puede ver palabras escritas, las cuales a su vez repite (Abdías 1) o también pudiendo Dios mostrarle aquello que se halla oculto bien en lo profundo del corazón de una determinada persona (Juan 4:17-19)

Algunas personas que a veces afirman tener el don de profecía y no lo tienen, suelen tratar de manipular a ciertos hermanos y hermanas de la Iglesia, ya sea individualmente o por grupo, e inclusive a toda la congregación. Esta gente no son de Dios. Le quiero recordar, mi amado hermano, que hay que estar alertas, el Espíritu Santo no falla en dar testimonio de aquellos que somos de Él.

Es importante que conozcamos que el don de la profecía va a confirmar en su corazón lo que ya el Espíritu Santo había revelado a su espíritu.

Alguien puede tener el don de profecía, pero no es lo mismo que ser profeta. El ministerio del profeta es muy diferente, ya que en este ministerio se manifiestan los dones de revelación (Palabra de ciencia, palabra de sabiduría y discernimiento de espíritus), y además se habla en primera persona (Isaías 1: 2, 7 y 14). El que tiene el don del profecía habla en tercera persona (Santiago 5:10). Lo que es la profecía en esencia es prevenir que algo suceda, no es tratar de adivinar el futuro de alguien.

*8. El don de lenguas*

Como habíamos explicado anteriormente, hay una diferencia a lo que es el hablar en lenguas por el don que nos es dado, y hablar en lenguas por el bautismo pentecostal.

Cuando hablamos del don de lenguas, que son la vívida manifestación de las lenguas angélicas de las cuales menciona Pablo (1 Corintios 12 y 14), no estamos hablando lo mismo que de las que nos son dadas como señal en un conglomerado de diferentes lenguajes humanos (Marcos 16:17). Precisamente, el apóstol Pablo, en la primera carta a los Corintios, menciona también una diferencia entre lenguas humanas y angélicas, al comparar el amor como lo más grande y los más importante de todo.

**"Si yo hablase lenguas humanas y angélicas, y no tengo amor, nada soy, vengo a ser como metal que resuena o címbalo que retiñe" (1 Corintios 13:1).**

El que habla a su vez lenguas humanas y angélicas, tiene tanto el bautismo pentecostal como el don de lenguas, por eso Pablo afirma y recalca que sin el amor, aún teniendo ambos, de nada nos sirve. Por medio de este don la iglesia es edificada por la palabra profética que viene dada en estas lenguas angélicas cuando hay un intérprete.

**"Así que, las lenguas son por señal, no a los creyentes, sino a los incrédulos; pero la profecía, no a los incrédulos sino a los creyentes".**

**"Así que, hermanos, procurad profetizar, y no impidáis el hablar en lenguas; pero hágase todo decentemente y con orden" (1 Corintios 14: 22 , 39-40).**

Cuando hablamos de lenguas humanas, se han dado también innumerables casos y testimonios de evangelistas y misioneros que han ido a predicar a tribus de indios en el Amazonas o lugares desconocidos, de dialectos desconocidos y que no se ha predicado nunca de Cristo, que en el momento en que han llegado a evangelizar, Dios les da a hablar en lenguas y resulta que es el idioma específico de la tribu que nadie más conoce. Como en el caso del cual escuché hablar, hace un tiempo atrás, sobre un misionero que fue a predicar a unos indios en la selva, enviado de parte de Dios, y al llegar Dios le dio a hablar en lenguas y resultó ser el lenguaje de la tribu. Por medio de estas lenguas Dios mismo, a través de ese hermano, les predicó. El hermano no sabía lo que decía pero al finalizar, toda la tribu aceptó a Jesucristo como su Señor y Salvador personal. ¡ALELUYA! ¡Qué triunfo de parte de Dios!

### *9. Don de interpretación de lenguas*

Es un don por medio del cual la persona, sin ningún tipo de esfuerzo mental, hablando lo que el Espíritu Santo le proporciona, y a su vez desconociendo el lenguaje hablado, traduce todo lo dicho a una lengua conocida por los creyentes del determinado país del cual todos son.

Esta interpretación de las lenguas puede llegar a nuestras mentes o nuestro Dios puede también ir poniendo palabras en nuestra boca de nuestro lenguaje conocido, a medida de que el otro creyente habla la lengua extraña.

Es importante la interpretación de lenguas en el templo, ya que así se mantiene el orden de acuerdo a la Biblia, y evitamos que sucedan ciertas cosas que ya han transcurrido en iglesias, como en el caso de los satanistas que hablan también en lenguas, pero que maldicen a Jesucristo o a la determinada iglesia y por consiguiente a la congregación, la cual sin discernimiento ni interpretación, no podrá identificarlos e impedir tal ataque del enemigo.

**"Así que, quisiera que todos vosotros hablaseis en lenguas, pero más que profetizaseis; porque mayor es el que profetiza que el que habla en lenguas, a no ser que las interprete para que la iglesia reciba edificación"** (1 Corintios 14:5).

## *Los ministerios*

Ante todo lo que ya hemos explicado, es también muy importante hacer mención en cuanto a lo que la Biblia nos habla sobre un llamado general acerca de anunciar el Evangelio del Señor: "Id por todo el mundo y predicad el evangelio a toda criatura. El que creyere y fuese bautizado será salvo; mas el que no creyere, será condenado" (Marcos 16:15,16). También es necesario recordar lo que ya explicamos en relación a los dones de motivación, ya que por medio de ellos también hay un ministerio. Hasta la persona que hace la labor de limpieza en la iglesia, o trabaja como técnico de sonido, cámaras o iluminación, dependiendo la iglesia; estas personas están ejerciendo un ministerio al cual Dios le llamó, y es tan importante como para cualquier otro ministerio, que esa persona se esmere lo más posible por llevar a cabo su labor asignada por Dios, lo mejor que se pueda, a través de la sabiduría, salud y fuerzas que nuestro Señor imparte. Todo esto sin despreciar lo que Dios nos ha dado. Nuestra recompensa será dada de acuerdo a como sobresalgamos en lo que Él nos mandó a hacer.

Pero ante todo esto, hay cinco ministerios principales que Dios levantó para la edificación nuestra como parte del Cuerpo de Cristo que somos, los cuales podemos ejercer eficientemente conforme a la dirección de Dios, para el uso de los dones que nos han sido dados y del carácter de Cristo, por medio de los frutos del Espíritu para vivir la palabra que prediquemos o hablemos.

Estos cinco ministerios son: apóstoles, profetas, evangelistas, pastores y maestros.

**"Y él mismo constituyó a unos, apóstoles; a otros, profetas; a otros, evangelistas; a otros, pastores y maestros, a fin de perfeccionar a los santos para la obra del ministerio, para la edificación del cuerpo de Cristo" (Efesios 4: 11, 12).**

Cuando hablamos de estos cinco ministerios principales, la unción es diferente, mayor, y fue otorgada a cada ministerio en un nivel muy superior.

No hay problema en que usted como creyente en Cristo se mueva en más de un ministerio, pero necesita pedirle a Dios que le revele cuál es el llamado de Él a su vida personal, para entonces funcionar de la manera correcta. El mismo apóstol

Pablo se declara en la Biblia como apóstol, predicador y maestro (2 Timoteo 1:11).

Dios reparte una unción especial a cada uno de nosotros según como Él lo determina y para funcionar en el llamado, pero si nos salimos de lo que Dios nos llamó a hacer, seremos causa de división y tropiezo en la obra del Señor.

### 1. Apóstoles

La palabra apóstol, proviene de la transcripción griega 'apóstolos', que a su vez deriva o proviene del verbo griego 'apostello', que significa "enviar" o "despachar", y este verbo griego, se distingue del verbo "pempo", que también significa "enviar", en que envuelve el concepto de ser mandado con un especial propósito o autorización oficial.

Esta palabra aparece 79 veces en el Nuevo Testamento, de las cuales 68 se hallan en los escritos de Pablo y Lucas y su sustantivo se usa de tres maneras en el Nuevo Testamento:

1. Designa a un "enviado", "mensajero" o "delegado", en este sentido, Cristo es un apóstol de Dios.

**"Por tanto, hermanos santos, participantes del llamamiento celestial, considerad al apóstol, y sumo sacerdote de vuestra profesión, Cristo Jesús" (Hebreos 3:1).**

2. Designa a un integrante del grupo de los apóstoles iniciales que Jesucristo escogió, para ser de una manera muy especial, sus compañeros constantes, y los primeros en diseminar el mensaje del reino de Dios (Mateo 10:1-8).

3. Designa también en sentido general a maestros y misioneros destacados, como Jacobo, el hermano del Señor (Gálatas 1:19), Timoteo y Silvano (1 Tesalonicenses 1:1, 2:6), Andrónico y Junias (Romanos 16:7), Bernabé (Hechos 14:14).

Vemos en la Biblia que los apóstoles nombraron a otro discípulo, Matías, para sustituir a Judas Iscariote (Hechos 1:15-26). Fue en esta ocasión que Pedro especificó los requisitos que se debía de poseer para ser apóstol:

1. Haber estado con Jesucristo, siendo su compañero en su ministerio terrenal.

2. Haber sido testigo de su resurrección. (Hechos 1:21,22).

Pablo cumplía con el segundo requisito, pero no con el primero, sin embargo reclama ser apóstol (1 Corintios 9:1) (2 Corintios 12:12) (Gálatas 1:1) (1 Timoteo 2:7) (2 Timoteo 1:11).

Ninguno hoy en día cumple con esos requisitos para ser apóstol, pero podemos tener la unción del apostolado, como abrir nuevos caminos y territorios, edificar nuevas iglesias, tener unción para romper los yugos (Isaías 10:27), impartir dones de parte de Dios (Romanos 1:11), señales de prodigios y milagros (2 Corintios 12:12) y adiestrar a los líderes en una iglesia (Hechos 14:21-23).

Las enseñanzas de los apóstoles del primer siglo de la era cristiana, son la norma para la vida y la doctrina en la Iglesia hoy en día, al igual que los profetas.

**"Edificados sobre el fundamento de los apóstoles y profetas, siendo la principal piedra del ángulo Jesucristo mismo" (Efesios 2:20).**

Jesús anunció a sus apóstoles que serán jueces en el juicio mesiánico (Mateo 19:28) y en Apocalipsis se nos declara que sus nombres están grabados sobre los cimientos de la nueva Jerusalén (Apocalipsis 21:14).

Se nos habla también en Apocalipsis, de aquellos que pretenden ser apóstoles pero que en sí no lo son, en uno de sus mensajes a las siete iglesias de la provincia de Asia Menor a las cuales Juan escribió, específicamente a la iglesia de Éfeso.

**"Yo conozco tus obras y tu arduo trabajo y paciencia; y que no puedes soportar a los malos, y has aprobado a los que se dicen ser apóstoles y no lo son, y los has hallado mentirosos" (Apocalipsis 2:2).**

## 2. Profetas

El Ministerio del profeta consiste en que la persona habla en nombre Dios, lo que de parte de nuestro Creador le es a él revelado. Esto incluye el pasado, presente o el futuro. Como habíamos visto anteriormente, al diferenciar entre el don de profecía y lo que es un profeta, este ministerio se rige por medio de los dones de revelación. El profeta ve con mucha frecuencia el campo espiritual por medio del don de discernimiento, puede ver el peligro y alertar a los creyentes.

El que tiene el ministerio de profeta suele operar con ciertas combinaciones de otro ministerio: pastorado, evangelismo o siendo a su vez, también maestro.

De acuerdo a los dones de revelación, los profetas traen lo que Dios les muestra.

**"Porque no hará nada Jehová el Señor sin que revele su secreto a sus siervos los profetas" (Amós 3:7).**

Tienen además gran autoridad para destruir toda obra satánica y edificar el Reino de Dios aquí en la tierra (Jeremías 1:10), activar los dones en los creyentes (Ezequiel 37:10), confirmar las cosas de Dios (Hechos 15:32), y además son de ayuda a la casa de Dios (Esdras 5:1-2). Cuando Dios quiere crear o levantar una obra, siempre el diablo se va a tratar de oponer y causar algún daño para dividir o destruir a lo que Dios le comienza a dar forma, por eso Dios llama al profeta para que le sirva de radar espiritual a la Iglesia y así detectar cualquier maquinación o falsedad del enemigo para desecharla o destruirla.

### 3. Evangelista

Es uno que anuncia las buenas nuevas de salvación del evangelio y guía, siendo usado y dirigido por Dios, a los incrédulos, con un mensaje capacitado y ungido, para que el inconverso acepte a Jesucristo, y comience a vivir la vida en el espíritu. Estos nuevos creyentes comienzan a asistir a la Iglesia y es allí donde también aumentan las congregaciones.

Aquel que tiene este llamado, Dios le comienza a abrir

puertas para constantemente estar saliendo a predicar dentro o fuera de su país. Siempre está viajando y tiene un amor sobrenatural por las almas.

Dios usa al evangelista con sanidades y milagros, ya que el mensaje va dirigido a inconversos y apartados, los cuales necesitan ver el poder de Dios en acción.

Para que este ministerio dé su fruto, los que tenemos este llamado debemos orar constantemente porque Dios nos abra las puertas y rompa las cadenas. Además, necesitamos cobertura de oración de hermanos creyentes en la fe, cada vez que salgamos a una campaña o compromiso.

Este ministerio es muy atacado por Satanás, ya que el evangelista le arrebata, con la unción de Dios, las almas al diablo.

**"Pero tú sé sobrio en todo, soporta las aflicciones, haz la obra de evangelista, cumple tu ministerio" (2 Timoteo 4:5).**

### 4. Pastores

El cuadro del pastor con su rebaño se presta para el uso figurado, ya que la Biblia procede en parte de una cultura rural, pastoril y campestre.

Como usted podrá saber, las ovejas necesitan constante vigilancia y protección, deben dormir en un corral cerrado, lo cual es el redil (Juan 10:1), y de día ser llevadas por el pastor al campo en búsqueda de comida y agua. Las ovejas son poco agresivas y necesitan que un pastor las defienda, proteja del mal tiempo, y las sane si se hieren o están enfermas. Sin un pastor, las ovejas generalmente mueren (Números 27:17).

Jesucristo es el buen pastor por excelencia (Juan 10:1-18).

El ministerio del pastorado vela por las almas convertidas. Las discipula, enseña y está siempre presente para estas personas. En resumen, cuida de estos creyentes, los cuales son tipo del rebaño, está atento a los miembros de su iglesia, ya que corrige a los creyentes rebeldes, Dios le da unción para restaurar al caído, y vela porque no entre ninguna doctrina falsa. El pastor también guía al pueblo conforme a la correcta visión de Dios y nutre constantemente de alimento espiritual a la congregación, esto con el motivo de que la nueva criatura de la persona que ha aceptado a Jesucristo, crezca y dé su fruto para Dios.

Las características de un pastor son el preocuparse siempre por sus ovejas, el amarlas y ser paciente con ellas. Hoy día, hay muchos que se meten en el pastorado pero que Dios no los llamó, otros que Dios les llamó, pero no que no han dejado que Dios corrija su carácter e inseguridad. Por esta razón hay tantos que sólo ponen cargas religiosas sobre los creyentes con el propósito de dominarlos y a su vez no dejan crecer a la iglesia. No dejan entrar a gente poniendo condiciones de prendas o manera de vestir, es decir, se basan en lo visible cuando Dios es el que determina y el que restaura lo invisible, lo cual es el espíritu y el alma. Hay que ir a la Iglesia vestido con respeto, pero tampoco podemos acudir a un extremo que se salga fuera del propósito divino.

### 5. Maestros

Los maestros son aquellos que son capacitados por Dios para llevar al pueblo a la madurez espiritual por medio de las enseñanzas de la correcta doctrina bíblica.

Hay una pasión que recibe el maestro con el fuego de Dios en su corazón. Ésta va dada en anhelar constantemente el crecimiento espiritual del pueblo, y también en buscar, escudriñar, indagar y profundizar sobre la Palabra.

Al igual que el evangelista, el maestro también viaja constantemente, con la diferencia en que él enseña sobre la unción y las verdades bíblicas al pueblo, mientras que el evangelista proclama las buenas nuevas, animando y exhortando para que el inconverso y el apartado oiga y se vuelva a Dios.

El maestro enseña los principios que nos habla en la Palabra de Dios y cómo aplicarlos a la vida diaria.

Cuando tenemos éstos ministerios, independientemente de cual Dios nos halla hecho, debemos tener en cuenta el propósito divino, el cual se centraliza en dos puntos principales:

1. Su salvación y capacitación en el Evangelio, lo cual se traduce a tener una estatura espiritual que vaya en continuo crecimiento e intimidad con Dios por medio de un encuentro con el Espíritu Santo, después de haber aceptado a Cristo.

2. El dejarse usar como instrumento divino para llegar a aquellos que necesitan de Dios.

Tomando esto en cuenta, a través del principal fruto del espíritu, el amor, vamos a obtener la visión para la realización y el crecimiento de la obra de Dios. Cuando hablamos de visión no hablamos de vista como función de los ojos, sino de la vista como función del corazón, lo cual es la fuente y la esperanza de la vida.

Todos los grandes edificios, hoteles, modelos de autos, estructuras, cuadros, etc., existen hoy día porque alguien tuvo una visión y se propuso a realizarla.

La visión de Dios es la esencia misma de la eternidad, la cual ejerce una fuerza de atracción en nosotros, pues en la eternidad es que vamos a vivir por siempre con el Señor, mirándole cara a cara.

**"Pero el que no tiene estas cosas tiene una vista muy corta; es ciego, habiendo olvidado la purificación de sus antiguos pecados. Por lo cual, hermanos, tanto más procurad hacer firme vuestra vocación y elección; porque haciendo estas cosas no caeréis jamás. Porque de esta manera os será otorgada amplia y generosa entrada en el reino eterno de nuestro Señor y Salvador Jesucristo" (2 Pedro 1: 9-11).**

Para atesorar tu visión haz que tu propósito se convierta en tu pasión, siempre guiado por Dios, y sabrás las grandes cosas que Él tiene planeada para ti antes de que se realicen, alcanzándolas por medio de la fe que dejes crecer en tu corazón, para desenmascarar la falsedad y establecer el reino de Jesucristo aquí en la tierra.

# CAPITULO II
## NIMROD Y SEMIRAMIS: LOS COMIENZOS DE LA IDOLATRIA

Hemos dedicado el primer capítulo a la explicación de lo que es la doctrina fundamental de la verdadera Iglesia del Señor de acuerdo a la Biblia. En este capítulo vamos a hablar del origen del paganismo, las imágenes, ídolos, y cómo ha evolucionado todo hasta hoy día, mostrando el propósito del enemigo de encubrir la verdad y engañar a la gente con caminos que parecen rectos pero que al final llevan a la perdición.

### El diluvio y la antigua Babilonia

Conocemos mediante el Génesis, el primer libro de la Biblia, que el pecado entró al mundo por el primer hombre y la primera mujer que fueron creados por Dios (Génesis 3:6), los cuales fueron expulsados del Jardín del Edén, ya que Dios no acepta el pecado.

A raíz de haber desobedecido a Dios, tomando y comiendo del fruto del árbol de la ciencia del bien y del mal, Adán y Eva fueron echados del Paraíso. Luego, tuvieron dos hijos: Caín y Abel. Caín, el mayor (el primero en nacer en la tierra), fue un homicida ya que mató a su hermano Abel.

La humanidad se reprodujo y Dios se hastió del pecado y la desobediencia del hombre, por lo cual decidió destruir a la tierra con un diluvio mundial.

"Y dijo Jehová: Raeré de sobre la faz de la tierra a los hombres que he creado, desde el hombre hasta la bestia, y hasta el reptil y las aves del cielo, pues me arrepiento de haberlos hecho. Pero Noé halló gracia delante de los ojos de Jehová" (Génesis 6:7,8).

Noé, fue un varón justo que Dios eligió para la construcción de un arca, en que iba a salvar su vida del diluvio que ya Dios había determinado.

Este elegido de Dios anunció el mensaje de que un diluvio mundial iba a destruir la tierra por el pecado, pero no le creyeron. Sólo se burlaban de él. Así, Dios le comandó a que introdujese en el arca un animal de cada especie. Obviamente, con la ayuda divina Noé lo logró. Sólo sobrevivieron del diluvio él y sus tres hijos: Cam, Sem y Jafet, y las esposas de sus hijos, ya que nadie más creyó y el resto de la humanidad y todo ser vivo pereció (Génesis 7:21-23).

Después del diluvio, por medio de la descendencia de los hijos de Noé, la humanidad se comenzó nuevamente a reproducir. Además de la Biblia mencionarnos los nombre de los hijos de Noé, también nos especifica los nombres de los hijos de sus hijos.

Hablando específicamente de los hijos de Cam, quien vio la desnudez de Noé cuando estaba ebrio, los nombres de estos fueron: Cus, Mizraim, Fut y Canaán, el cual maldijo Noé (Génesis 9:25).

**"Tenía entonces toda la tierra una sola lengua y unas mismas palabras. Y aconteció que cuando salieron de oriente, hallaron una llanura en la tierra del Sinar, y se establecieron allí. Y se dijeron unos a otros: Vamos, hagamos ladrillo y cozámoslo con fuego. Y les sirvió el ladrillo en lugar de piedra, y el asfalto en lugar de mezcla" (Génesis 11: 1-3).**

Cuando la Biblia nos dice que "se dijeron los unos a los otros", quiere decir que elaboraron un acuerdo entre ellos mismos, mirando desde la perspectiva mundana o humana, y no tomando en cuenta la divina, la cual proviene de Dios. Estos materiales que van a utilizar son distintos a los que quiere el Señor, el ladrillo se forma a base de una mezcla de barro, arcilla y paja, cocidos al calor del sol o en hornos. Es algo que es sustituto de la piedra, la cual representa a Cristo. Quieren darle forma a una religión, empleando un material que no es Cristo, quien representa la Palabra de Dios, por lo cual es el Verbo. Prefieren el desecho del fruto del trigo, la paja, lo que no representa ningún valor para Dios, ya que no posee ningún tipo de consistencia, y la mezclan con tierra, que es la materia del hombre, pero no teniendo en cuenta a Dios que es el aliento de vida para el espíritu del ser humano.

"Y dijeron: Vamos, edifiquemos una ciudad y una torre, cuya cúspide llegue al cielo; y hagámonos un nombre, por si fuéremos esparcidos sobre la faz de la tierra" (Génesis 11:4).

Los hombres hacen una unión para edificar una ciudad, lo cual es símbolo de religión.

En esa ciudad comienzan a construir una torre, lo cual significa querer llegar a Dios, pero no por los medios divinos moralmente establecidos, sino por medio del uso de la razón, y experiencias místicas o religiosas que son fruto de la mente carnal. Desean también un nombre, lo que quiere decir una institución mundial respetada por los poderes políticos y económicos. Saben además, que lo que están haciendo no es lo correcto a juicio divino, por lo cual temen ser esparcidos, ya que conocen que el propósito de Dios es la unión del ser humano con Él como Su Creador, no el de la independencia de la propia prudencia egocéntrica humana.

Vemos luego que Dios pone diferentes idiomas en todos los que realizaban la construcción, impidiendo así la edificación de la torre, la cual recibe por nombre Babel, que significa "confusión espiritual para conocer a Dios".

Antes no había ningún problema para la realización de esta torre, ya que todos en la tierra hablaban el mismo idioma, pero luego que Dios interviene, cada cual se dispersa con el que habla su mismo lenguaje. Al ser esparcidos, se extienden por el mundo creando nuevas ciudades e intentando encontrar el camino que les conduzca a Dios.

Uno de los hijos de Cam, nieto de Noé, que se llamó Cus, que ya lo habíamos mencionado, fue el principal patrocinador de la torre de Babel. Este hombre tuvo un hijo que se llamó Nimrod, quien también respaldó esa construcción.

"Y Cus engendró a Nimrod, quien llegó a ser el primer poderoso en la tierra. Este fue un vigoroso cazador delante de Jehová; por lo cual se dice: Así como Nimrod, vigoroso cazador delante de Jehová" (Génesis 10:8,9).

La madre de Nimrod se llamó Semiramis. Su nombre no aparece de manera específica en la Biblia, pero sí se le conoce como la reina del cielo (Jeremías 7:18; 44:17-19, 25). También la vemos en la visión profética simbólica que tuvo el apóstol Juan de una mujer ramera, ebria de la sangre de los mártires de Jesús (Apocalipsis 17:6).

Con esta mujer comenzó a propagarse la idolatría. Más tarde se casó con su hijo Nimrod, para así fundamentar su religión y obtener el control sobre el pueblo. Esto ya lo conocemos por medio de datos históricos teológicos, pues no sale en la Biblia. Sumeria-Caldea era el primer reino del mundo, establecido por Nimrod y Semiramis.

**"Copa de oro fue Babilonia en la mano de Jehová, que embriagó a toda la tierra; de su vino bebieron los pueblos, se aturdieron, por tanto, las naciones" (Jeremías 51:7).**

**"Y fue el comienzo de su reino Babel, Erec, Acad y Calne, en la tierra del Sinar. De esta tierra salió para Asiria, y edificó Nínive, Rehoboth, Cala" (Génesis 10:10,11).**

El nombre de Nimrod proviene de la traducción de hebreo "Gibor", cuyo significado es "tirano" o "rebelde". Por datos históricos se conoce a Nimrod como una persona recia, de carácter e insumisa ante Dios, su nombre "Marad", en hebreo significa "nos revelaremos", lo cual indica una "resistencia violenta ante Dios".

Cuando la Biblia menciona: "vigoroso cazador delante de Jehová", no significa de acuerdo al propósito divino. Era un hombre grande y fuerte y de aspecto muy feroz; por medio de su habilidad para la caza de fieras salvajes que atacaban constantemente al pueblo, él se convirtió en el héroe y líder de su tribu. Al igual que muchos otros de su tiempo, Nimrod conocía de su Creador, pero prefirió formar sus propias leyes y hacerse un propio camino.

Nimrod creó con su padre Cus y su madre Semiramis la primera gran ciudad después del diluvio, la cual se llegó a conocer como una gran maravilla. Más tarde fue conocida como Babilonia, y el nombre de la ciudad Babel, también a Nínive, la que siglos después fue la capital del imperio Asirio. El nombre de "Nínive" se deriva de "Nina", nombre de una diosa que luego fue llamada "Ishtar". Estas tierras están en, o próximas a la Irak moderna.

Nimrod llegó a ser el hombre más rico, poderoso, y también temido en su país. Era quien determinada las leyes, las cuales establecían el no adorar ni considerar al Dios de su bisabuelo Noé. Nimrod le enseñó a su pueblo que Satanás debía ser venerado, adorando objetos que podían ser vistos, como el sol, animales como la serpiente, y un sinnúmero de cosas.

**"Y cambiaron la gloria del Dios incorruptible en semejanza de imagen de hombre corruptible, de aves, de cuadrúpedos y de reptiles" (Romanos 1:23).**

El nombre del dios de Babilonia era Bel, lo cual es una forma de Baal, que significa señor o dueño. Otro nombre era Merodac, el dios de la guerra de los babilonios (Jeremías 50:2). En el lenguaje hebreo el nombre era Baal, que era el dios sol, esposo de Astoret o Astarté o Istar, o en inglés Easter, por lo cual es nombrada la festividad de ese mismo nombre (Las Pascuas Floridas).

Fue en esa antigua Babilonia, que nació la idolatría y la raíz de toda religión falsa. Los hijos que eran de Cus, su padre, y sus hermanos, viajaron a los continentes de Asia y Europa, además de que llegaron hasta Egipto y Etiopía, en el continente africano, implantando la costumbre de adorar al diablo en la forma de una serpiente o como el dios sol. Nimrod proclamaba que Satanás era un ser poderoso, conocedor de poderes ocultos mágicos, los cuales solamente él podía descubrir. Fue allí también donde se creó la idea de un confesionario, para que la gente confesara a los sacerdotes de Nimrod y Semiramis todos sus secretos y pecados, ya que ellos establecían ser los conocedores de todos los secretos de Dios. Por medio de esto llegaron a obtener el control de todo, manipulando y dominando a los habitantes. Originalmente, en esta antigua Babilonia, las cruces llegaron a ser símbolos ocultistas para la adoración, y la muerte por crucifixión fue una de sus ideas para entregar a los que desobedecían o quebraban sus leyes, en un sacrificio a sus dioses. De allí salieron todos estos símbolos de la adoración pagana oculta.

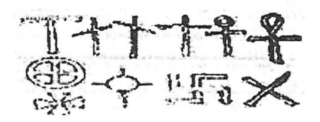

Por otro lado, para aquel entonces, otro de los hijos de Noé, Sem, que ya habíamos mencionado, y que había sido el hijo menor había hecho todo lo opuesto a Nimrod. Por el contrario, Sem se había dedicado a servir a Dios y a ser un gran guía para aquellos que deseaban seguir a su creador. Cuenta la tradición, que por muchos años se estuvo oponiendo a la adoración de ídolos que se extendían desde Babilonia. El sacerdocio de Sem tenían su base en Jerusalén, y algunos de los reyes de allí eran sumos sacerdotes llamados Melquisedec o Adonai-zadek, lo cual significa **"mi rey es justicia"** o **"mi Señor es justicia"**. Más tarde, según lo describe la Biblia, Abraham le pagaría diezmos a Sem, como uno de sus sumos sacerdotes en Jerusalén.

Al seguir la idolatría en su continuo crecimiento, Nimrod ideó por revelación satánica el sacrificio de niños, lo cual llegó a ser una práctica religiosa común, por lo que Sem se enfureció más que nunca y mató a Nimrod. Luego lo cortó en pedazos y envió miembros de su cuerpo a los principales líderes ocultistas, los "grandes" maestros de la mentira, magia e ilusión de aquel entonces. Aunque se estudia también que Esaú lo mató, como quiera la muerte de Nimrod fué de dolor, angustia y a su vez sorpresa para sus seguidores. Esta sorpresa se tornó en confusión, ya que no se explicaban como era posible que había sido permitido que muriese el gran sumo sacerdote del dios sol. Allí fue cuando este sistema se comenzó a derrumbar desde sus cimientos. Fue allí donde Semiramis, la esposa-madre de Nimrod, entró en acción con un plán.

Al morir su hijo-esposo, Semiramis se proclamó así misma como "Rhea", que significa "madre de todos los dioses". Tuvo, además, un hijo al cual llamó Tammuz, asegurando que había nacido de forma milagrosa y que era además la reencarnación de Nimrod. Según datos históricos, Semiramis era tan hermosa, que un disturbio transcurrido en Babilonia, cesó porque todos se detuvieron a admirar y contemplar su belleza. Esta perversa mujer dirigió al pueblo de la antigua Babilonia a adorar una nueva imagen, que era la de ella sosteniendo a Tammuz, o también Nimrod, que según ella era una reencarnación.

Algunos asocian la profecía de Génesis 3:15 con Tammuz, ya que de él y Jesús se dice que su nacimiento fue milagroso, "hijo lamentado" o "hijo de sufrimiento", pero uno de los dos es un falso mesías, ya que la madre de Tammuz tuvo la osadía de llamarse "Madre de todos los dioses". La profecía de Génesis 3:15 se cumple con Jesucristo.

"Y pondré enemistad (guerra) entre ti y la mujer, y entre tu simiente (lo que quiere decir: todos los seguidores de Satanás) y la simiente suya; (en el futuro, Israel/ Jesús) ésta (Jesús) te herirá en la cabeza y tú le herirás en el calcañar".

Más tarde Nimrod se llegó a conocer como el mismo "Baal", el dios sol, también le llamaban "Kronos". A éste los romanos llamaban "Saturno".

Si usted estudia y compara, al ser Semiramis entonces la esposa de "Baal", su título viene a ser "Baalti", que traducido al latín significa "Mea Domina", y traducido al italiano el nombre viene a ser "Madonna".

De esta manera podemos decir que siguiendo la tradición de la idolatría que se originó en Sumeria-Caldea, la iglesia Católica Romana llama a María "la Madonna", título que no aparece por ningún lado en la Biblia.

Quisiera ahora mostrarles comparativamente, la imagen que se adoraba de Semiramis y Tammuz (según, Nimrod reencarnado), en la Babilonia antigua y la imagen de la vírgen María y el niño Jesús de la iglesia Católica Romana.

Semiramis y
el niño Tammuz

La vírgen María
y el niño Jesús

Esta religión satánica de la antigua Babilonia logró alcanzar aún más a Egipto, quien luego fue la potencia mundial. Allí los sacerdotes egipcios creían en algo a lo cual llamaron "transubstantación", una práctica que hacían, en la cual afirmaban tener grandes poderes de magia, lo cuales les permitía convertir al dios sol, que para ellos era Osiris, en una hostia. En este rito religioso, los llamados "fieles", nutrían sus almas y espíritu al comer a su dios. Por esto se sabe que las iniciales *IHS*, son las siglas de la trinidad satánica egipcia que son: **Isis, Horus y Seb**.

El Pueblo de Dios (Israel), fue esclavo de los egipcios (Éxodo 1:8-11). Peligraban no sólo por la esclavitud y los maltratos, sino por el satánico sistema religioso ocultista de esta gente, por lo cual Dios los apartó de ellos y luchó para que los dejasen salir a la tierra prometida. En aquel momento,

Dios estaba batallando por Su pueblo contra la más grande potencia del mundo de aquel entonces. Después de todo lo transcurrido, Egipto quedó en la ruina. Las plagas que Dios les mandó destruyeron sus cosechas y ganado, además Dios puso gracia en los ojos de los egipcios para darles al pueblo de Israel cuanto pidieron de alhajas de plata, oro, y vestido (Éxodo 12:35,36), y ahogó toda la caballería militar al cerrar el Mar Rojo.

Igual que en Egipto, evolucionaron todas las costumbres y religiones paganas de cada imperio que se levantaba: la Babilonia de Nabucodonosor, los medos y persas, los griegos y los romanos, según como el profeta Daniel profetizó, antes de que se formaran todos estos imperios (Daniel 2: 36-43).

Quiero invitarlo ahora para que dedique un tiempo a mirar el siguiente cuadro. De Nimrod, Semiramis y Tammuz nació toda la mitología y diversos nombres de demonios que adoraron los imperios y que se adoran hoy día, con la máscara de ser algo "cristiano", como en el caso de los católicos:

| *El lugar* | *El padre* | *La madre* | *El niño* |
|---|---|---|---|
| Babel Génesis 10 al 11 | NIMROD | SEMIRAMIS | TAMÚZ (O Tammuz) |
| **FENICIA** | **NIMROD** | **ASTORET** | **TAMÚZ** |
| EGIPTO | SEB, OSIRIS | ISIS | HORUS |
| ASIRIA | | ISTAR | NANA BELTIS BACO |
| BABILONIA | | MILITA | BAAL, BEL |
| MEDO-PERSIA | NANACEA, ANAEA ANAITAS Y TANATA | | |
| GRECIA | ZEUS | ARTEMISA, AFRODITA, DIANA | EROS |
| ROMA | Júpiter | VENUS | CUPIDO |
| INDIA | | ISIS | ISWARA |
| ASIA | | CIBELES | DEOIUS |

A raíz de lo transcurrido en la torre de Babel, debemos recordar que todos los que llevaban a cabo la construcción fueron esparcidos por el mundo, una vez que Dios les dio los diferentes idiomas o lenguajes. Esto es lo que explica el gran parecido entre las pirámides de Babilonia y Egipto con la de los indios en Sur y Centroamérica. Históricamente se conoce que la torre de Babel no era de una estructura cilíndrica o cuadrangular, sino que era una construcción piramidal. Allí tenemos otra prueba de la veracidad de la Biblia.

**"Por esto fue llamado el nombre de ella Babel, porque allí confundió Jehová el lenguaje de toda la tierra, y desde allí los esparció sobre la faz de toda la tierra"** (Gn. 11:9).

## El catolicismo romano

Cuando usted habla con un católico romano, ellos establecen que la Iglesia Católica fue la institución establecida por Cristo aquí en la tierra y que nosotros los evangélicos somos "hermanos separados", lo cual significa "herejes", sólo que el papa Pío XII cambió esa denominación cuando Hitler perdió la Segunda Guerra Mundial. Fueron ellos mismos los que financiaron la maquinaria nazi por medio de los jesuitas (La Historia Secreta de los Jesuitas, por Edmond Paris). No hay evidencia de que durante la Segunda Guerra Mundial, el Papa se opusiera al exterminio de más de seis millones de judíos, no hay registro de tan siquiera un sólo discurso.

Debemos entender algo, y es que la Iglesia Católica, cuando ejerce el poder es como un león salvaje, pero cuando no, se muestra como un manso corderito que busca la unidad de los "hermanos separados" y de todas las religiones, para tratar de congraciarse.

Si usted busca en la Biblia, en ningún lugar se nos dice que Pedro fue el primer Papa. En la Biblia lo conocemos como apóstol, además de que era casado (Marcos 1:30). Hay un versículo tergiversado en extremo por los católicos que es el siguiente:

"Y yo también te digo que tu eres Pedro, y sobre esta roca edificaré mi iglesia; y las puertas del Hades no prevalecerán contra ella. Y a ti te daré las llaves del reino de los cielos; y todo lo que atares en la tierra será atado en los cielos; y todo lo que desatares en la tierra será desatado en los cielos" (Mateo 16:18, 19).

Según el catolicismo, Pedro fue el primer Papa porque Jesucristo hizo esta afirmación; pero de acuerdo al latín y al griego, Simón significa "arena" y Pedro significa "piedra pequeña" o sea, "petros", y cuando Cristo afirma: "sobre esta roca edificaré mi iglesia", viene de la palabra "petra", que es "roca", por lo cual la roca es Jesucristo y no Pedro. Los que tenemos el poder de atar y desatar somos todos los que hemos aceptado a Cristo y vivimos píamente en el Señor. Además, la misma Palabra dice también:

"Cualquiera, pues, que me oye estas palabras, y las hace, le compararé con un hombre prudente, que edificó su casa sobre la roca" (Mateo 7:24).

Por esto mismo, si estamos edificados sobre la roca que es Jesucristo, nuestras obras, que van a ser probadas con fuego, no se quemarán, ya que serán como el oro.

El catolicismo tuvo su origen en un hombre de nombre <u>Constantino</u>, quien fue un aspirante al trono de Roma, hijo de un emperador romano, por lo cual él se sintió con el máximo derecho a ser el heredero. Se le conoce históricamente por un político asombrosamente sabio y por ser un gran adorador del dios sol.

El 28 de octubre, en el 312 d. C., Constantino luchó contra su principal opositor: Magencio, al cual derrotó. Sus ejércitos se enfrentaron en el puente Milvian, sobre el Tíber, a dieciséis kilómetros de Roma. Dice la tradición, que antes de ir a la batalla, Constantino y sus tropas vieron un símbolo en el cielo y a su vez una oración que decía: **"Por este símbolo vencerás"**. Supuestamente él vio una cruz, y juró que si el Dios de los cristianos le ayudaba a ganar, iba a dictar un edicto de tolerancia para que la persecución contra los seguidores de Jesús terminara y fuesen reconocidos. Lo único, que esta cruz que él describió haber visto, era un símbolo que desde la antigüedad se usaba por los egipcios, y que representaba al Dios sol: El Ankha.

## *El Ankha*

Este símbolo, Constantino ordenó que se imprimiese en los escudos de sus tropas como una señal de victoria luego de derrotar a Magencio. En ese mismo año, en el 312 d. C., tomó control del gobierno y, en el 313 d. C., proclamó un decreto de tolerancia, dando total libertad de culto y deteniendo las terribles persecuciones contra los cristianos que Nerón, Domiciano, y otros emperadores romanos habían honrado, echando a los seguidores de Jesús a los leones en el coliseo romano, contra gladiadores, encendiéndolos como antorchas al crucificarlos, y muchas más crueles muertes y torturas.

Constantino también había visto la posibilidad de la conquista romana por medio de la religión, además de que deseaba el apoyo de tantos cristianos, como de los paganos adoradores del sol y de los dioses romanos, por lo cual, algunas de las fiestas paganas antiguas llegaron a ser fiestas de la iglesia con cambio de nombre y de adoración. Lo mismo que los romanos hicieron una vez con los griegos, los mismos dioses y cultura con diferentes nombres, ahora lo hacían con el evangelio.

Fíjese que en el 325 d. C., Constantino preparó el Concilio de Nicea y presidió como "sumo pontífice", el título oficial de un papa (Sabotaje?, por Chick Publication, Historia de la Iglesia Cristiana, Jessie Lyman Hurlbut).

Fue alrededor del 405 d. C., que en los templos comenzaron a aparecer, adorar y rendir culto a imágenes de santos y de mártires. La adoración a la Vírgen María se sustituyó por la adoración a Venus y a Diana, que son en sí la representación de Semiramis. La cena del Señor llegó a ser un sacrificio en lugar de un recordatorio, como los egipcios con la transubstantación, y el poder del predicador pasó al del sacerdote.

Tómese un tiempo para leer algo que dijo el apóstol Pablo en relación a los postreros tiempos y a la apostasía:

**"Pero el espíritu dice claramente que en los postreros tiempos algunos apostatarán de la fe, escuchando a espíritus engañadores y doctrina de demonios; por la hipocresía de mentirosos que, teniendo cauterizada la conciencia, prohibirán casarse, y mandarán a abstenerse de alimentos que Dios creó para que con acción de gracias participasen los creyentes y los que han conocido la verdad" (1 Timoteo 4:1-3).**

En este versículo vemos desenmascarado al judaísmo, que prohíbe consumir ciertos alimentos que antes eran considerados inmundos (Hechos 11:1-18), pero más que nada al catolicismo, ya que ellos prohíben a los sacerdotes que contraigan matrimonio. En ninguna parte de la Biblia dice que el que le sirve al Señor en un ministerio no debe casarse. Más bien, la gran mayoría de los apóstoles eran casados. Esto es lo que vemos que ha atraído en muchos sacerdotes católicos la violación a niños, mujeres casadas, jovencitas, e inclusive monjas. Todo por una implantación de la Iglesia Católica con el fin de no incurrir en gastos para la descendencia de los curas.

Cuando hablamos de la apostasía, su concepto viene de "defección" o "revuelta", que era un término referente a la infidelidad política y religiosa de Israel, pero en su mención profética o escatológica, según leímos, se refiere a la catastrófica rebelión final contra la autoridad de Dios, lo que es un signo de los escritos apocalípticos del final del mundo. Esta rebelión es manifiesta por cambiar la doctrina divina y mezclarla con doctrina de hombres con el fin de dominar y manipular para alcanzar dinero, fama y poder; como siempre lo ha hecho la Iglesia católica desde su cede "El Vaticano".

El decir que alguien que quiere servir al Señor, sea hombre o mujer, no se puede casar, eso sí que es una herejía. **"Digo, pues, a los solteros y a las viudas, que bueno les fuese quedarse como yo; pero sino tienen el don de continencia, cásense, pues es mejor casarse que estarse quemando" (1 Corintios 7:8,9).**

### La iglesia de Antioquía y de Alejandría

Antioquía fue una ciudad que llegó a ser la tercera ciudad de todo el imperio Romano, la primera fue Roma y la segunda Alejandría; es hoy en día una ciudad de Siria y queda al norte de Jerusalén. Era conocida por su culto pagano a Dafne, que incluía orgías en sus celebraciones. Más tarde recibió el mensaje evangélico después de la muerte de Esteban (Hechos 11:19), además que fue allí donde los creyentes se llamaron por primera vez "cristianos" (Hechos 11:20-26). Fue allí donde los creyentes comenzaron a hacer copias de los verdaderos manuscritos de las Sagradas Escrituras del nuevo testamento. De allí se enviaron misioneros para evangelizar a Egipto, en Alejandría. Egipto, como ya sabemos, era territorio de Satanás. Sitio de la adoración oculta y de toda clase de símbolos que podemos encontrar hoy día en la masonería. La gente de allí estaba muy orgullosa de su gran sabiduría y se llamaron así mismo gnósticos.

Ellos no creyeron en Jesucristo como Hijo de Dios, sino que cuestionaron la doctrina sobre la Trinidad y no creyeron tampoco sobre el cielo y el infierno. Al obtener los manuscritos originales de los cristianos de Antioquía, comenzaron a hacerle cambios.

Teológicamente conocemos que Arrio, un presbítero de Alejandría, en el 318 d. C., expuso su doctrina de que Jesucristo, aunque superior a la naturaleza humana, era inferior a Dios, cuando se nos dice: "Porque tres son los que dan testimonio en el cielo: el Padre, el Verbo, y el Espíritu Santo; y estos tres son uno" (1 Juan 5:7).

Los sabios de Alejandría formaron una escuela de religión y filosofía; y fueron satánicamente usados para corromper los manuscritos originales del Nuevo Testamento.

Más tarde, Constantino, quien secretamente continuaba adorando al sol, ordenó a un hombre de nombre Eusebio, el obispo de Cesarea, a que le hiciese 50 Biblias. Eusebio escogió los manuscritos de Egipto ("God Only wrote one Bible", por J. J. Ray, "Which Bible?", por David Otis Fuller). La iglesia católica poco a poco creció en poder y éstas "Biblias"se tradujeron al latín vulgar, convirtiéndose en la Biblia oficial para los católicos romanos.

Algunos de los verdaderos creyentes tenían copias de los reales manuscritos de Antioquía, y tuvieron que huir y esconderse en los Alpes para su protección.

Durante este período se levantaron nuevamente los confesionarios de la antigua Babilonia, se le incluyeron a las imágenes de María, el niño Jesús y los apóstoles una "aureola", que es el aro que usted ve encima de la cabeza de estas imágenes de santos, lo cual es simbólo del sol, y se incluyó la "persignación" , lo cual ya usaban los sacerdotes escandinavos en el ritual del "cuerno de la abundancia", lo cual era una tradición esenia para despertar el "tercer ojo". Nadie pone en duda que Jesucristo murió en una cruz, pero quiero recordarle, que como habíamos mencionado, eran usadas originalmente como símbolos para la adoración y el ocultismo en los tiempos de Semiramis y Nimrod. Las cruces representaban la señal de la caída de los nefilim (demonios) aquí en la tierra, la caída del dios Tyrannus, el tormento del dios Wotan, es signo de la mano del dios Khrishna, la ruta de la vida y la muerte y la encadenación de este mundo.

Para el año de 1950, la Iglesia Católica proclamó a la Virgen María como una diosa, debido a que le atribuyó el poder de ser corredentora con Cristo. Exactamente como Semiramis hizo para poder añadir más solidez a la religión pagana de la Babilonia antigua. Para añadir otras notas más interesantes, añadieron también el falso dogma de "la inmaculada concepción" en el 1854, lo cual dice que ella nació sin pecado. La Biblia dice sin excepción:

**"No hay justo, ni aún uno; no hay quién entienda, no hay quién busque a Dios. Todos se desviaron, a una se hicieron inútiles; no hay quién haga lo bueno, no hay ni siquiera uno" (Romanos 3:11, 12).**

También añadieron el dogma de la divina asunción de María al cielo, en el 1950, comparándola con Jesucristo, lo que dan a entender que María nunca murió. ¿Dónde está eso en la Biblia?

Satanás también se valió de la escritura apócrifa, en una serie de "libros santos" que se ideó para intentar destruir a la Biblia, los cuales fueron aprobados por el Concilio de Trento Católico en el 1546 como inspiración divina. Precisamente del libro de los Macabeos sale la idea del purgatorio. Esta idea contradice lo que la Palabra nos habla en relación a los que mueren. La persona que muere al haber aceptado a Cristo es salva porque esa Sangre limpia sus pecados, mientras que la que muere sin aceptar al Unigénito Hijo de Dios, muere condenada (Marcos 16:16).

## Los jesuitas

Cuando se habla sobre la Iglesia Católica, no se puede dejar pasar por alto a los jesuitas. Si vamos a la historia, nosotros conocemos que el protestantismo surgió de parte de un monje agustino en Alemania. Él halló en la Biblia un versículo que decía: "El justo por la fe vivirá"(Romanos 1:17) y entendió que la salvación no llegaba por medio de la Iglesia Católica. Su nombre fue Martín Lutero. Debido a esto es que los católicos romanos dicen que somos "hermanos separados". Hay que entender que Dios reestableció el verdadero cristianismo por medio de Martín Lutero cuando ya se creía todo perdido. El mundo había sido anteriormente sumergido en la Edad Media y la Inquisición, en la cual la Iglesia de Roma mató a mas de 68 millones de personas, entre ellos judíos, cristianos y hasta los mismos católicos ricos, que los acusaban de herejes para quedarse con sus propiedades y fortunas después de matarlos. Lutero condenó muchas de las cosas de la Iglesia Católica, una de ellas fueron las indulgencias, en la cual la persona pagaba por un documento y no importaba si mataba luego o hacía lo que quería, ya todos sus pecados habían sido perdonados. Lutero estableció una lista de 95 argumentos contra esta falsedad.

La Iglesia Católica fue perdiendo poder y gente con el protestantismo. Fue entonces, cuando el Papa Pablo III pactó con un vasco-español, el fundador de "La compañía de Jesús", que es la orden jesuita. Esta persona nació en el Castillo Loyola en la provincia de Guipúzcoa y su nombre verdadero fue Iñigo López de Recalde, conocido como Ignacio de Loyola, que fue el primer jesuita superior. Eran y son hoy en día unas mentes brillantes cuyo propósito es destruir el protestantismo a toda costa y todo lo que según ellos, es "herejía", haciendo que toda mujer, niño y hombre reconozca al Papa como vicario de Cristo y se someta por completo a su poder, lo cual es un robo al puesto del Espíritu de Dios. Son dirigidos actualmente por "el Papa Negro", quien está en el Vaticano tras bastidores.

Un dato bien importante que usted debe saber es que, sobre el crucifijo católico, se lee I.N.R.I., que según el diccionario de Webster significa en latín: Iesus Nazarenus, Rex Iudaeorun, que según ellos establecen, son las palabras que nos dice en la Biblia que fueron puestas en la cruz de Cristo en la crucifixión: "Jesús Nazareno, Rey de los Judíos" (Juan 19:19). Según el extremo juramento de los jesuitas significa: Iustum, Necar, Reges, Impios; del latín clásico que significa aniquilar reyes, gobiernos, o dirigentes impíos o herejes ("La Cruz Doble", Chick Publications), además de que el crucifijo significa para ellos un instrumento de muerte.

Hoy día muchas iglesias son destruidas y divididas por causa de los jesuítas. Ellos se hacen pasar por evangélicos y entran a las iglesias a alcanzar la mejor jerarquía para luego enamorar muchachas solteras o casadas y hacer que caigan en adulterio o fornicación para desprestigiar la iglesia. Hay también mujeres que son introducidas para hacer caer a los pastores y líderes en pecado o regar un rumor que les destroce su ministerio.

Uno de los ejemplos atroces del pasado en cuanto a la intervención de los jesuitas, fue la masacre de los protestantes el día de San Bartolomé, en Francia, el 22 de agosto de 1572. Ésta fue donde el rey de Francia arregló astutamente el matrimonio de su hermana con un almirante de nombre Coligny, quien era el máximo líder protestante del país. Pactando con los jesuitas, arregló un banquete y mucha celebración. Después de cuatro días, los soldados recibieron una señal y a las 12:00 de la media noche entraron por la fuerza, y a la misma vez, a la casa de los protestantes, de los cuales mataron 10,000 personas. Al almirante lo decapitaron, le cortaron los brazos y los genitales y arrastraron su cuerpo por tres días por las calles hasta colgarlo de los talones fuera de la ciudad. Su cabeza la enviaron al Papa, el cual ordenó a los católicos en celebración que le dieran las gracias a la Vírgen María.

Se conoce que los soldados eran jesuitas y monjes dominicos en gran parte ("Cortinas de humo", Chick Publications). Esto, es por mencionar solo uno de los eventos violentos y desgarradores que estos individuos han hecho contra la humanidad. Generalmente los que son jesuitas, son personas que desde niños fueron preparados para ejercer, por lo cual es su devoción; inclusive hay un dicho jesuita que dice: "Tómalos desde pequeños y las posibilidades serán infinitas".

Estas mismas personas trataron de infiltrar los manuscritos de Alejandría en Inglaterra, traduciéndolos al inglés en el 1582, pero los ingleses las rechazaron, por lo que intentaron en el 1588 conquistar a Inglaterra por medio de La flota Armada Española. Gracias a Dios que las armas de los ingleses y la tormenta que se desató en el mar destruyó la flota, sino hoy día Inglaterra fuera católica. Gracias al rey James de Inglaterra, que subió al poder en el 1603, se formó la Biblia cristiana en la versión King James (O Rey James), ya que él reunió un grupo de 48 personas, que ya Dios, desde antes de la fundación del mundo había preparado para la realización de este trabajo. Eran grandes eruditos y estudiosos. Ya en el 1611 tuvieron recopiladas todas las Sagradas Escrituras del Antiguo y Nuevo Testamento.

No incluyeron nada proveniente de Alejandría, sino los escritos con los que los creyentes de Antioquía evangelizaban. Alrededor de 1875, el lamento popular en Inglaterra fue "pongan al día" algunas de las palabras de la Biblia Rey James. Los que estuvieron detrás de esto eran los amigos del cardenal católico romano Newman, quien fue educado por jesuitas. Luego se formó un comité secreto que trabajó durante veinte años en el Antiguo y Nuevo Testamento. Dos miembros de ese comité eran F.J.A. Hort (1828-1892) y B.F. Wescott (1825-1901), católicos romanos, que convencieron al comité que los viejos textos del Vaticano (originados en Egipto) eran más de fiar que los textos de Antioquía. A Roma le tomó aproximadamente 250 años dañar la verdadera versión "King James". Todo esto ha sido con el propósito de sacar definitivamente la verdad y añadir la máscara de la falsedad. Pronto habrá una Biblia ecuménica que preparará el camino del Anticristo.

Gracias a Dios que por medio de los puritanos que llegaron a Norteamérica, el Evangelio verdadero llegaría más tarde a Puerto Rico, que es hoy día parte de la nación americana, a quien se le debe la evangelización en esta isla caribeña, debido a que originalmente fue el catolicismo que llegó con los españoles.

Por medio de la evangelización en Puerto Rico, en donde está establecido el español como primer idioma, antes que el inglés, Dios ha alcanzado a los demás países hispanos en Sur y Centroamérica.

Los españoles que llegaron en la colonización hicieron en estos países también una inquisición, sólo lea la historia y vea las torturas que les hacían a los indios, obligándolos a adorar a la Vírgen María. Les querían sacar a los ídolos para imponerles otros más, cubiertos con "cristiandad". Gran parte del oro que se llevaron lo tiene hoy día el Vaticano acumulado en sus riquezas.

También, en Europa, se conoce que a los "herejes", tanto mujeres como hombres, le dislocaban los brazos y piernas, meciéndolos con poleas. A las mujeres le cortaban los senos en las torturas, y también amarraban a sus víctimas con una cuerda sobre sus pechos, que sostenía un peso de varias libras, y con estas torturas hacían que sus costillas se quebraran hacia adentro, sangrando por la boca y la nariz. También quemaban a la gente viva. Generalmente, estas torturas las hacían los monjes dominicos, antes de que resurgiera el evangelio por Marín Lutero y la iglesia de Roma formara a los jesuitas.

## Las potestades demoníacas de Nimrod, Semiramis y el Leviatán

**"Porque no tenemos lucha contra sangre y carne, sino contra principados, contra potestades, contra los gobernadores de las tinieblas de este siglo, contra huestes espirituales de maldad en las regiones celestes" (Efesios 6:12).**

En este versículo se nos advierte sobre nuestra lucha en el campo espiritual, la cual sólo podemos vencer por medio del Espíritu Santo, el cual nos provee de armas tanto a la ofensiva como a la defensiva (Efesios 6:14-18). Nimrod y Semiramis existieron en la antigüedad como seres humanos, pero hoy día sus nombres han sido adoptados por demonios que tratan constantemente de ejercer su influencia sobre la humanidad.

Le podemos mostrar esto desde la perspectiva Bíblica con un muy asemejado tipo de Semiramis: Jezabel (1 Reyes 26:31). Ella atrajo al pueblo de Dios a la adoración a Baal; mató a casi todo los profetas de Dios y prácticamente había tomado el reinado en Israel, ya que su esposo Acab, era débil de carácter. Cuando el juicio de Dios llegó, en la batalla contra los sirios, Acab murió con una flecha que le hirió entre las junturas de la armadura (1 Reyes 22:34) y los perros lamieron su sangre. A Jezabel la empujaron unos eunucos por la ventana y cayó muerta, en el momento en que Jehú, que exterminó la casa de Acab, la atropelló con los carros de a caballo y los perros comieron sus carnes (2 Reyes 9:30-37).

Jezabel fue una mujer idólatra que también manipulaba la ley de Dios, ya que usó la ley con astucia para que Acab se quedase con la viña de un hombre justo: Nabot; acusándolo de haber blasfemado a Dios y al rey.

Nabot, que se había negado a vender o a ceder su viña, heredad de sus padres, murió injustamente apedreado por un capricho del apóstata rey Acab. Pagó su fidelidad a Dios con su vida. Él sabía que si le vendía la viña a Acab, la iba a usar con propósitos de idolatría.

¿Qué le importaba a Jezabel si alguien blasfemaba a Dios? Ella lo que quería era sumergir más y más al pueblo de Dios en la adoración a Baal (Nimrod y Tammuz), pero sin embargo manipulaba la ley a conveniencia. Hoy día hay demonios que ejercen influencia sobre el nombre de Jezabel.

Hay cristianos que sin saberlo son seducidos por este espíritu maligno por medio del legalismo, que se basa en tres objetivos:

1. Manipulación
2. Intimidación
3. Dominación

También hay cristianos que van a la Iglesia y leen la Biblia y hasta oran en lenguas, pero viven en adulterio o fornicación. Estos han sido seducidos por Jezabel. Veamos lo que dice el Apocalipsis en el mensaje a la iglesia de Tiatira:

**"Pero tengo unas pocas cosas contra ti: que toleras que esa mujer Jezabel, que se dice profetiza, enseñe y seduzca a mis siervos a fornicar y comer cosas sacrificadas a los ídolos. Y le he dado tiempo para que se arrepienta, pero no quiere arrepentirse de su fornicación" (Apocalipsis 2:20,21).**

Por eso entendemos que Jezabel es hoy día una potestad demoníaca con varios demonios a su mando que ha tomado ese nombre para destruir la obra de Dios en las iglesias y ministerios, al igual que los nombres de Semiramis y Nimrod.

Siempre estas potestades satánicas tratan de impedir el crecimiento en el pueblo de Dios a toda costa, por medio de la religiosidad y el legalismo, y otros tipos de pecado. Por eso es que muchas iglesias hoy día no crecen. Más bien parecen "clubes denominacionales".

Por medio de hechos vamos a mostrarle como estas potestades se mueven y cuál es su propósito específico. Primero permítame mostrarle lo siguiente, de acuerdo a los 12 meses del año, mencionando a Nimrod, Semiramis e incluyendo al Leviatán, potestades que operan cada cuatro meses específicos.

| Semiramis (Sexualidad) | Leviatán (Destrucción) | Nimrod (Confusión) |
|---|---|---|
| Esta potestad demoníaca se manifiesta durante los meses de febrero, marzo, abril y mayo. Son los meses en los cuales hay aumento de incestos, violaciones, y en donde hay muy presente el adulterio y la fornicación a una enorme escala comparativa a los demás meses del año. | Opera entre los meses de junio, julio, agosto y septiembre, que es cuando ocurren los grandes eventos atmosféricos y terribles destrucciones. Fue precisamenete en el mes de septiembre que las torres gemelas en Nueva York fueron destruidas por los ataques terroristas en el año 2001. | Opera en los meses de octubre, noviembre, diciembre y enero. Fíjese del afán de la gente por comprar regalos y cosas para la navidad. Los moles no dan abasto. Además de que mucho de nosotros los cristianos sabemos que el 25 de diciembre fue una fecha en la que Jesucristo no nació. Son también meses de confusión para las iglesias que no están bien fundamentadas en la doctrina; por lo cual muchos se apartan. |

Quiero que vean esta foto que se tomó durante los ataques del 11 de septiembre y que también se trasmitió por televisión.

En esa imagen podemos ver que aparece el rostro del mismo Satanás con cuernos y todo en medio de las llamas. Gente que vieron completa la escena testificaron haber visto no sólo el rostro, sino también el cuerpo completo con cola y pies de macho cabrío (uno de los símbolos de diablo).

**"Y sobre todo monte alto, y sobre todo collado elevado, habrá ríos y corrientes de aguas el día de la gran matanza, cuando caerán las torres" (Isaías 30:25).**

Cuando hablamos del Leviatán, en Job, el libro más antiguo de la Biblia, se le describe como "un monstruo aterrador de los mares". También se menciona cinco veces en el Antiguo Testamento y siempre como una entidad maligna aliada con Satanás. Se le llama también "rey del mar" y la palabra connota básicamente algo "enrollado" o "tortuoso". Job también lo describe como "que estima como paja el hierro" y "hace hervir como olla el mar profundo", además de que "es rey sobre todos los soberbios" (Job 41), por lo cual es un espíritu que provoca la ceguera mental y tres cosas principales: <u>dureza de corazón, dureza de cerviz y terquedad.</u>

**"Su espalda está cubierta de fuertes escudos, cerrados estrechamente entre sí (Job 41:15).**

Mucha gente no puede recibir liberación de este espíritu porque se escuda entre espíritus de lujuria, rechazo, temor, vergüenza, legalismo, etc.

No podemos dar rienda suelta al orgullo ni a la soberbia. "Ciertamente la soberbia produce discordia, pero con los prudentes está la sabiduría" (Proverbios 13:10).

## CAPITULO III
## EL PUEBLO DE DIOS Y LOS IDOLOS

### Las diversas formas de la idolatría

"Y habló Dios todas estas palabras, diciendo: Yo soy Jehová tu Dios, que te saqué de la tierra de Egipto, de casa de servidumbre. No tendrás dioses ajenos delante de mí. No te harás imagen, ni ninguna semejanza de lo que está arriba en el cielo, ni abajo en la tierra, ni en las aguas debajo de la tierra. No te inclinarás a ellas, ni las honrarás; porque yo soy Jehová tu Dios, fuerte, celoso, que visito la maldad de los padres sobre los hijos hasta la tercera y cuarta generación de los que me aborrecen" (Éxodo 20:1-5).

La palabra "idolatría" está formada por dos vocablos griegos: "Eidolon", que significa ídolo, y "latría", que significa adoración, de allí es como se entiende que es "adoración a los ídolos". Desde un punto de vista más profundo, la idolatría puede significar todo aquello a lo cual tengamos un excesivo apego o que pongamos en primer lugar antes que Dios (Colosenses 3:5). Este tipo, es la segunda forma de la esencia extrema y grave que representa o que vienen de la mano con la idolatría, y ha estado siempre muy presente dentro del pueblo de Dios. Sabemos que los que antes se postraban, y que todavía hoy día adoran imágenes, están en un pecado grave con Dios, pero también los que tienen ídolos formados en el corazón que ocupan el lugar de Jesucristo. La idolatría es el pecado que Dios aborrece más, ya que le roba la gloria que solamente Él se merece, y la consagra a las obras que nada son, además que ignora por completo Su eterna e incuestionable soberanía y se burla de los reclamos y normas establecidas por Él en Su Palabra. El idólatra no muestra importancia a la soberanía divina. Fíjese que la Iglesia Católica Romana ha inventado miles de vírgenes y patronas en diferentes lugares alrededor del mundo, y la gente les clama y reza. Es una anarquía y un desorden total.

Precisamente, el pecado entró al universo por medio de una de las formas de la idolatría. Hemos dicho que hay dos tipos de idolatría; éstas pueden dividirse en: la tangible, que es ante las imágenes, y la intangible, que es radicada en el corazón. De la idolatría intangible fue que se introdujo el pecado en el universo. Esto fue a través de lo que se llama la autolatría, cuando Lucifer, el querubín más bello creado por Dios, se reveló y quiso ocupar el lugar de Jesucristo, el Verbo de Dios. La Biblia nos dice:

"**En Edén, en el huerto de Dios estuviste; de toda piedra preciosa era tu vestidura; de cornerina, topacio, jaspe, crisolito, berilo y ónice; de zafiro, carbunclo, esmeralda y oro; los primores de tus tamboriles y flautas estuvieron preparados para ti en el día de tu creación. Tu, querubín grande, protector, yo te puse en el santo monte de Dios, allí estuviste; en medio de las piedras de fuego te paseabas. Perfecto eras en todos tus caminos desde el día en que fuiste creado, hasta que se halló en ti maldad (Ezequiel 28: 13-15).**

La autolatría significa adoración de sí mismo por la persona, o también egolatría, que es el endiosamiento del ego.

El profeta Ezequiel, al igual que el profeta Isaías, se aprovecharon de tipos humanos para demostrar cómo la autolatría se introdujo para ser el primer pecado del universo, de lo cual también surgió la rebelión. Ezequiel, como leímos, nos muestra a un querubín ungido. Él lo tipifica a partir del rey de Tiro. El profeta Isaías, presenta al príncipe babilónico como un tipo perfecto de ser celestial, creado por Dios y para su gloria, pero que optó por tomarla para sí mismo (Isaías 14:12-19), además de querer una gloria superior a la de nuestro Señor. Muchos se preguntan cómo fue posible que la perfección pudiese crear imperfección, como fue el caso de Lucifer, que hoy día se conoce como Satanás, que significa "engañador". Hay que entender que solamente la perfección fundamentada en Dios es sumamente perfecta e incorrompible, imposible de adulterar.

Hay mucha gente en el pueblo de Dios que deben ser libres de la autolatría. Hay que recordar que Dios por Su gracia y misericordia fue quien nos llamó a ejercer nuestro ministerio, pero muchos se quieren exaltar por encima del Señor, tanto conciente como inconscientemente. Cuando Jesús dio las bienaventuranzas, una de ellas fue:

**"Bienaventurados los pobres en espíritu porque de ellos es el reino de los cielos" (Mateo 5:3).**

Pobre en espíritu significa depender única y exclusivamente de Dios, poner en Él toda nuestra suficiencia y actuar de acuerdo a Su voluntad, que es soberana. Por eso es que a los pobres de espíritu Dios exalta, pero a los soberbios menosprecia y mira de lejos (Salmo 51:17). Es una afrenta a Dios movernos en nuestra propia prudencia sin esperar su dirección en cuanto a cualquier decisión. Recodemos que Él es perfecto y quiere lo mejor para nosotros. Dios conoce el pasado, presente y futuro y sabe qué decisión te convendrá y cuál no. En nuestra propia prudencia siempre habrá imperfección porque somos humanos, lo mismo sucederá si queremos hacer una mezcla de lo divino con lo carnal para engañarnos y así creer favorecer a Dios y a la vez a nosotros mismos. De allí también sale el espíritu religioso y el legalismo.

¿Tienes un ídolo de ti mismo o de algo que pones antes que a Dios dentro de tu corazón? ¡Échalo fuera! Ese sentir no es de Dios, es de Satanás.

**"Se enalteció tu corazón a causa de tu hermosura, corrompiste tu sabiduría a causa de tu esplendor; yo te arrojé por tierra; delante de los reyes te pondré para que miren en ti" (Ezequiel 28:17).**

### *El amor al mundo*

**"No améis al mundo, ni las cosas que están en el mundo. Si alguno ama al mundo, el amor del Padre no está en él. Porque todo lo que hay en el mundo, los deseos de la carne, los deseos de los ojos, y la vanagloria de la vida, no proviene del Padre, sino del mundo. Y el mundo pasa, y sus deseos; pero el que hace la voluntad de Dios permanece para siempre" (1 Juan 2:15).**

Como seres humanos, nuestra existencia se basa en planes y proyectos futuros. Hay cosas por las cuales muchas veces nos afanamos, nuestra meta básica siempre es tener la mejor casa, el mejor carro, en sí, las mejores cosas que sean tanto de importancia vital o las que sean, por decir; "un lujo". Este mundo se mueve a base del dinero, por el cual trabajamos para poder vivir. No es malo tener metas ni querer llegar a mejores cosas, pero si nos afanamos y ponemos en primer lugar las cosas que queremos como una prioridad antes que Dios, estamos haciendo un ídolo dentro de nosotros mismos, y a la vez nos constituimos en enemigos de Dios. No es necesario que nos afanemos, si buscamos de Dios primero, las demás cosas que nos hacen falta Él las va a añadir (Lucas 12:31). Hay personas que aman al dinero más que a Dios y sólo piensan en tener más y más. El ser humano, en su naturaleza carnal, sólo le importa él mismo. Por eso siempre somos testigos de los gobernantes que toman decisiones que afectan económicamente a un pueblo determinado y no les importa, gente que también quieren subir al poder por intereses propios de enriquecimiento, o patronos que explotan al empleado y no le pagan como se merece, ganando el suficiente dinero para hacerlo. Existen personas que también tratan de vestir con las prendas más caras posibles, o de estar de una manera afanada, siempre a la moda. Esto demuestra un vacío en el espíritu que intenta ser lleno con lo material, pero que nunca lo será de forma permanente, sino de forma muy temporal y efímera. Cuando la persona no tiene comunicación con Dios, su espíritu está seco y sin vida, ya que Dios es el único que lo puede llenar y avivar (Juan 3:5). El amor al dinero y a lo material es lo que hoy ha traído miseria en muchos países. La gente pasa necesidad mientras que a ciertos gobernantes no les falta nada. La codicia del imperio español por el afán del oro también trajo miseria y muerte a las colonias de América. El mismo Señor Jesús dijo que más fácil era pasar un camello por el ojo de una aguja que un rico entrar al cielo (Marcos 10:25). La Biblia misma confiesa que el amor al dinero es " la raíz de todos los males", ya que por medio de esto llega la idolatría y la autolatría al corazón del hombre.

**"Porque la raíz de todos los males es el amor al dinero, el cual codiciando algunos, se extraviaron de la fe, y fueron traspasados de muchos dolores" (1 Timoteo 6:10).**

La Biblia nos manda a ser buenos mayordomos y a tener un balance en todas las cosas. Esto también incluye lo económico. Hay mucha gente que quiere que Dios le dé lo que necesitan, pero ni le piden al Señor en oración, ni dan ofrendas ni diezmos. Si tenemos celo por lo económico con gente que sabemos que de verdad adora y le sirve al Señor, nos comparamos a los impíos que siempre se la pasan hablando que los evangélicos lo único que saben hacer es pedir dinero. Este tipo de individuos inconversos no ven nada desde la perspectiva espiritual. Hay gente que Dios llama a tiempo completo para servirle, y no hay trabajo más honroso que servirle a Dios. Entonces yo le quiero hacer esta pregunta: ¿Cómo se van entonces a construir las iglesias?, ¿de dónde el pastor, el evangelista, maestro o profeta va a comer junto a su familia?

Las riquezas y el dinero se deben usar de tres maneras esenciales:

## 1. Diezmos y ofrendas

El diezmo es un mandamiento divino que no solamente está limitado a la ley mosaica. Cuando ofrendamos y diezmamos reconocemos la soberanía y el control de Dios sobre nuestra vida y de todo lo que recibimos. Quiero recordarle, o dejarle saber, que Abraham vivió más de quinientos años antes de que Dios promulgase la ley y adoró a Dios con sus diezmos (Génesis 14:20). Los que dicen que el diezmo era sólo para la ley mosaica tienen que conocer que hay una presuposición teológica bíblica muy básica, partiendo desde Abraham:

A)- Abraham entregó sus diezmos a Melquisedec, el cual representaba el orden sacerdotal de Cristo (Salmos 110:4).

B)- Bíblicamente, Melquisedec era la representación de Jesucristo mismo (Hebreos 7:4,5).

Por esto le quiero recordar que hay millones de almas preciosas que viven de los diezmos y las ofrendas, que le sirven a Dios con devoción, y que han dejado su trabajo, posición social, estudios, por el llamado de Dios. Si usted habla contra estas personas está en rebelión contra Dios que los llamó, y de toda palabra ociosa que usted hable contra ellos dará cuenta en el día del juicio ante Jesucristo. Recuerde que por sus palabras será justificado y por ellas mismas condenado (Mateo 12:36, 37).

## 2. Administración financiera

Si no somos buenos administradores de nuestras finanzas tampoco vamos a lograr ser buenos diezmadores y ofrendantes. Un problema grave hoy día dentro de ciertas personas en la Iglesia es la de los gastos excesivos y en cosas bien caras que no se necesitan, sólo que se compran por el capricho de lucirse a los demás y tenerlas. Le quiero decir que eso es pecado delante de Dios.

## 3. Ayudar a los necesitados

Antes de ejercer de lleno la obra misionera, Pablo recibió como asignación socorrer a los necesitados (Hechos 11:30). Es necesario que entonces ayudemos a los pobres y a los necesitados según Dios nos muestre. Hay muchas personas hoy día que se hacen pasar por este tipo de gente necesitada pero que en sí no lo son. Por eso le digo que dé según Dios le muestre y se lo haga sentir. Esto representa una mayor bendición que recibir para todo aquel que en realidad vive en el espíritu. Comoquiera, Dios le va a multiplicar todo lo que dé al ciento por uno. En una ocasión, el conocido filósofo Francis Bacon; dijo que "el dinero era como el abono, ya que solo sirve cuando se esparce", queriendo decir con esto, que si el dinero no es empleado para fomentar el bien común, es estiércol.

### El ídolo de los pecados del sexo (Baal-Peor)

Baal era el dios supremo de los cananeos, descendientes de Canaán, hijo de Cam, al cual maldijo Noé (Génesis 9:25). Ellos creían que era el ídolo responsable de la abundancia de la tierra o de la fecundidad del vientre. Cuando hablamos de Baal-Peor, estamos hablando de una versión local de esta "divinidad", ya que "Peor", era una región de Moab. Este ídolo era adorado tanto por los moabitas como por los madianitas. En estas demoníacas ceremonias habían sacrificios humanos, orgías y muchas alabanzas a este dios. En cuanto a este ídolo, no podemos dejar pasar "la doctrina de Balaam", de la cual hay muchos jóvenes creyentes presos hoy día. La Biblia nos habla de esto en el Apocalipsis, en el mensaje a la iglesia de Pérgamo.

**"Pero tengo unas pocas cosas contra ti: que tienes allí a los que retienen la doctrina de Balaam, que enseñaba a Balac a poner tropiezo delante de los hijos de Israel, a comer cosas sacrificadas a los ídolos, y a cometer fornicación. Y también tienes a los que retienen a la doctrina de los nicolaítas, la que yo aborrezco" ( Apocalipsis 2:14,15).**

Conocemos que ninguna maldición o trabajo de brujería, tiene efecto alguno sobre nosotros como cristianos. En el Antiguo Testamento, cuando Dios envió la última plaga a Egipto para liberar al pueblo de Israel, en la cual murieron todos los primogénitos egipcios, Dios libró a los primogénitos israelitas por la Sangre del Cordero que pusieron en los dos postes y en el dintel de cada puerta, según las instrucciones del Señor dadas a Moisés (Éxodo 12:7). Esto tipificaba el sacrificio perfecto que ya hizo Cristo en la cruz hace sólo un poco más de dos mil años. Esta Sangre derramada de Jesucristo cubre a los que le hemos aceptado, y nada del reino de las tinieblas tiene poder contra nosotros. El que entró en las casas de los egipcios, y que Dios usó para herir a los primogénitos fue al ángel de la muerte.

**"Porque Jehová pasará hiriendo a los egipcios; y cuando vea la sangre en el dintel y en los dos postes, pasará Jehová aquella puerta, y no dejará entrar al heridor en vuestras casas para herir"(Éxodo 12:23).**

Satanás sabe que no tiene poder contra nosotros, a menos que nos haga caer más y más en el pecado, lo cual nos va a dejar desamparados por completo. Traerá la misma maldición que Dios mismo profesó sobre Israel por apartarse y entregarse a la adoración a los ídolos. Cuando hablamos de la doctrina de Balaam, en la Biblia se puede leer sobre la muy conocida historia del Balac, el rey moabita que buscó a este profeta para que maldijera a Israel. Dios le impidió a Balaam hacerlo, haciendo por misericordia que hasta su asna hablara, por lo cual el Ángel de Jehová que se interpuso en el camino, y que sólo el asna pudo ver, no lo mató. Importante: se conoce teológicamente que el Ángel de Jehová es Dios mismo: Jesucristo. Balaam sabía que no podía hacer nada contra el pueblo de Israel por la cobertura que Dios tenía sobre ellos. Pero a fin de no perder los regalos y obsequios que el rey de Moab le había dado, le enseñó el único medio para que Israel pudiese dejar de contar con el favor divino: tener un anatema. Balaam le sugirió al rey de Moab que pusiera por todo el campamento hebreo, mujeres desvergonzadas con el sólo propósito de que llevasen al pueblo de Dios a la fornicación. De esa seducción a la idolatría sólo se necesitó un paso. En un tiempo de muy corta duración ya el pueblo del Señor estaba saboreando las comidas que eran rendidas como ofrendas al dios Baal-Peor y se postraron ante él y le adoraron, dejando al Dios verdadero hacia un lado.

**"Moraba Israel en Sitim; y el pueblo comenzó a fornicar con las hijas de Moab, las cuales invitaban al pueblo**

al sacrificio de sus dioses; y el pueblo comió y se inclinó ante sus dioses" (Números 25: 1, 2).

La palabra "anatema" proviene de la transcripción de un vocablo griego que significa "algo erigido", o "levantado", específicamente en un templo. Recordemos que somos templo del Espíritu Santo, y el que fornica, contra su propio cuerpo peca, lo que quiere decir que nos ensuciamos a nosotros mismos como templo de Dios (1 Corintios 6:18,19), quedando el altar de Dios en nosotros completamente profanado. Un anatema implica todo aquello que no tiene nada que ver con lo divino sino con todo lo profano y contrario a lo de Dios, lo cual trae consigo maldición y condenación. Fornicación significa tener relaciones sexuales voluntarias con aquel o aquella que no sea su legítima esposa o esposo. La Biblia es clara en que toda inmoralidad sexual se origina en el corazón del hombre (Mateo 5:28). Esto incluye también el adulterio, inmundicia, lascivia, orgías, de los cuales, los que hacen tales cosas no heredarán el reino de los cielos (Gálatas 5:19-21), por lo cual significa que serán condenados eternamente. Un reino dividido no puede permanecer, o es Jesucristo o es Satanás, pero Dios no acepta mezcla entre uno y otro (Lucas 11:14-19). Inmediatamente que el pueblo de Israel se apartó del pecado, Dios envió una mortandad que en sólo un día murieron veinticuatro mil hebreos (Números 25:9). Hoy día Dios está por herir de mortandad a aquellos que han traído la apostasía o mezcla espiritual a la iglesia. Si tenemos un anatema, Dios retira Su protección y en Su ira permite que Satanás nos hiera. Es una ley espiritual fundamental. Balaam poseía el don profético pero era una persona materialista que no le importó aún ser el responsable del daño en el pueblo de Dios, con tal de aumentar sus riquezas y bienes materiales. La doctrina de Balaam consiste en llevar al pueblo de Dios a la idolatría y a la fornicación. En la actualidad, Satanás trabaja aún más incansablemente por llevar a los santos de Dios a las impurezas. Especialmente a los jóvenes, en un bombardeo constante de pornografía, ya sea por la Internet, cable, revistas y películas. Muchos jóvenes están arruinados espiritualmente, y aún ministros, por este motivo. Debemos guardar nuestros ojos (Job 31:1). Jesucristo dijo que todo aquel que mira a una mujer para codiciarla ya adulteró con ella en su corazón (Mateo 5:28). Porque con los ojos, embarazamos opresión de este pecado en nosotros y luego llegamos a un grado mayor, cuando cometemos ese acto que estaba en nuestro corazón. No hay nadie que no halla cometido adulterio o fornicación sin antes haberlo deseado o haber pensado en ello.

## Moloc: El dios de los sacrificios de los recién nacidos

Moloc era un ídolo al cual se le daba la apariencia de un ser híbrido, el cual era mitad hombre y mitad buey. Era esculpido en su totalidad en bronce, y sus sacerdotes lo rellenaban de productos que eran inflamables, lo calentaban hasta que se pusiese al rojo vivo, y en sus manos extendidas, que a veces se encontraban muy pegadas al suelo, le arrojaban los bebés de los adoradores. Había también otra versión, en la que a los recién nacidos les dejaban caer en un horno frente a Moloc. Millares de niños amonitas murieron de esta forma, ya que este ídolo le pertenecía a este pueblo. El nombre de "Moloc", en hebreo significa "rey", también se le conocía como "Molec", "Milcom", el dios del fuego, por carbonizar a los bebés, y el dios de la vergüenza por los hombres piadosos. Este ídolo era prohibido y condenado por Dios (Levíticos 18:21), quien siempre había repudiado los sacrificios humanos. Solo había ordenado el rito de la expiación en sacrificio a él, que consistía en un animal sin defecto, lo cual prefiguraba el sacrificio de Cristo, que se entregó a sí mismo pero para salvar a toda la humanidad de la condenación eterna por el pecado (Juan 3:16). En el caso de Abraham, Dios le probó pidiéndole que sacrificase a Isaac, para hacerle conocer la absoluta soberanía divina sobre su vida, pero Isaac nunca llegó a ser sacrificado porque Dios mismo lo impidió (Génesis 22:1-13), y en el caso de Jefté, por mencionar otro ejemplo, estamos hablando de alguien que no tenía perfecto conocimiento de las ordenanzas divinas, por lo cual sacrificó a su hija a Jehová por una promesa sin fundamento (Jueces 11:1-39). En la actualidad, gente sin fundamento divino alguno apoyan el aborto. Existe hoy en día tanto libertinaje para la mujer que hasta ciertos movimientos han llegado a decir que "la mujer es libre para hacer de su cuerpo lo que quiera". Esto se refiere a tener sexo libre todo lo que desee y abortar las veces que le dé la gana si queda embarazada. Toda mujer que aborta le está haciendo un sacrificio a Moloc, porque hacen lo mismo que hacían los amonitas, y que llegaron a hacer también lo hebreos, dar a la muerte a un gran tesoro dado por Dios, como lo son los niños. Antes de que los niños nacieran, los amonitas ya los tenían reservados para el sacrificio a Moloc, sin embargo, por el aborto, actualmente no los dejan ni salir del vientre. Dios juzgará a todos los homicidas. Tanto el que le hace el aborto a la mujer, como la mujer misma, son culpables de asesinato premeditado, ya que un feto es un ser viviente.

**"Porque tú formaste mis entrañas; tú me hiciste en el vientre de mi madre" (Salmo 139:13).**

Los moabitas y los amonitas eran descendientes de Lot (Génesis 19:37,38). Fíjese lo que sale del pecado incestuoso con sus dos hijas corrompidas de Sodoma y Gomorra. Los pecados sexuales afectan a las futuras generaciones que son engendradas en ellos, a menos que usted se arrepienta y le dedique sus hijos y vida a Dios.

## CAPITULO IV
## SIMBOLOS ANATEMAS QUE DEBEMOS DE EVITAR
## Y SIGNIFICADOS OCULTOS

En nuestro mundo moderno, siempre surgen nuevas modas que van desde de la forma de vestir hasta las prendas que se usan, etc. La publicidad en los medios de comunicación es constante, y al medio de comunicación secular no le va a importar si hay espiritualmente cosas que son perjudiciales para la juventud o la sociedad en general, ya que no les importa lo espiritual y lo desconocen, sin contar el hecho de que muchas personas de notables compañías y marcas conocidas, tienen que ver con el ocultismo y han hecho pactos malignos. Con el fin de ganar su audiencia, ganar dinero con los desarrolladores y buscar una prosperidad material para sí mismos, pueden incluir lo que tenga que ver con la lujuria o la inmoralidad sexual, o todo tipo de modernismo religioso falso o símbolos que tengan que ver con el ocultismo, paganismo, etc.

Hay muchos jóvenes que encuentran ciertos símbolos atractivos en la ropa moderna y en prendas y que los han visto en el cine o películas y esto llama mucho la atención y hasta les parece "lindo" y "emocionante", pero desconocen lo que verdaderamente representan, y allí es en donde está la trampa. La Biblia menciona la palabra ANATEMA, lo cual significa algo de "maldición" y que va "separado". Es impactante como el Apóstol Pablo mismo habla del anatema y dice: *"Mas si aun nosotros, o un ángel del cielo os predicare otro evangelio del que os hemos predicado, sea anatema" (Gálatas 1:8)*

Esto concuerda con el texto que dice que *"Y no es de maravillarse, porque el mismo Satanás se disfraza como ángel de luz" (1Corintios 11:14)*

El enemigo no se va a mostrar como lo más "feo" o que de miedo, sino como un atractivo con el propósito de arrastrar y atraer a las masas. En el caso de los creyentes, el anatema provocará un HUECO en la armadura y causará un enfriamiento espiritual grave. El desconocimiento lleva a muchos a esto, y aún peor, hay algunos que conocen pero se auto engañan, y es como que no tuvieran conocimiento porque lo rechazan. Es allí donde el anatema toma control; es decir, SEPARA DEL SACERDOCIO del cual somos parte **(1 Pedro 2:9)**

*"Mi pueblo fue destruido, porque le faltó conocimiento. Por cuanto desechaste el conocimiento, yo te echaré del sacerdocio; y porque olvidaste la ley de tu Dios, también yo me olvidaré de tus hijos" (Oseas 4:6)*

Me he encontrado con algunos jóvenes que dicen que las cosas también son "como uno las quiera ver" y son malas al "grado que queramos". Si esto fuera realidad, entonces "adornemos" al diablo para que se vea "bonito". Como quiera, no deja de ser diablo, con la diferencia de que está disfrazado y su propósito siempre será el mismo: MATAR, ROBAR Y DESTRUIR (Juan 10:10)

A continuación queremos mostrarle algunos símbolos ocultistas y paganos y su significado con el propósito de que se alerte y esté consciente de las cosas y su verdadero significado y salga del anatema ¡EVITALOS!

*"Y no traerás cosa abominable a tu casa, para que no seas anatema; del todo la aborrecerás y la abominarás, porque es anatema" (Deuteronomio 7:26)*

## EL UDJAT

**Este símbolo se llama el Ojo de Horus o Udjat y fue muy representativo en el antiguo Egipto y hoy en día es uno de los muchos amuletos que afectan bien negativamente el campo espiritual.**

**Según la superstición, el Ojo de Horus izquierdo es conocido contra lo que comúnmente se llama "mal de ojo" y como**

protector contra la negatividad y entes negativos. El Libro de los Muertos, que era un manual ocultista egipcio en potencia, hablaba de su uso como amuleto funerario para proteger al cadáver y para asistir al difunto en su viaje hacia el inframundo. En el Ocultismo moderno, la gente con esta creencia, lo usan para supuestamente "incrementar" las habilidades psíquicas y la sabiduría. El Ojo izquierdo representa a la Luna, polo negativo físico y positivo espiritual.

El Ojo de Horus derecho es usado como un amuleto para prosperidad y el incremento y protección de bienes materiales, vitalidad y popularidad. El Ojo derecho es parte del dorso del escudo nacional de Estados Unidos y el Dólar estadounidense lo tiene impreso al dorso como amuleto para el incremento y protección de los bienes materiales. Los rayos solares alrededor del triangulo representa el carácter solar del ojo derecho. El Ojo derecho representa al Sol, polo positivo físico y negativo "espiritual".

Este símbolo representa el ojo de Lucifer, al cual le llaman también "el ojo que todo lo ve", de la Francmasonería y otras sociedades secretas como los Iluminados.

En el billete de 1 dólar si miramos con mucha agudeza visual o con la ayuda de una lupa, podremos encontrar en el ángulo superior derecho, a la derecha del Nº 1, un diminuto, casi imperceptible búho. No es "cualquier búho", sino el búho de Minerva.

Este búho es el símbolo de *Los Illuminati o iluminados*, que fue una sociedad secreta fundada el 1 de mayo de 1776 en Ingolstadt, Baviera. El objetivo que tenían era derrocar a los gobiernos y reinos del mundo y acabar con todas las religiones y creencias para unificar la humanidad bajo un "Nuevo Orden Mundial", basado en un sistema internacionalista, con una moneda única y una religión universal, donde según sus creencias, cada persona lograría la "perfección".

En la parte superior de la pirámide leemos en latín: "Annuit Coeptus", que significa Nuestra empresa es exitosa. En la parte superior de la pirámide leemos en latín: "Annuit Coeptus", que significa Nuestra empresa es exitosa.

Si ahora miramos en la parte inferior de la pirámide, podemos leer el lema *Novo Ordo Seclorum*, que traducido sería Nuevo Orden Mundial y como ya hemos dicho antes, hace referencia a la ideología de **Los Illuminati.**

Observando la base de la pirámide nos encontramos un número romano, el MDCCLXXVI, que en notación decimal es el **1776,** coincidiendo con el año de la independencia de los Estados Unidos, pero también con el año en el que **Adam Weishaupt** fundó la orden de *Los Illuminati...*

El 13 es un número que está muy presente en el billete del dólar:
- 13 estrellas sobre el aguila
- 13 pisos en la piramide
- 13 letras en ANNUIT COEPTIS
- 13 letras en E PLURIBUS UNUM
- 13 barras verticales en el escudo
- 13 rayas horizontales en la parte de arriba del escudo
- 13 hojas en la rama de olivo
- 13 frutas
- 13 flechas

Que nos encontremos tantas veces con el 13 es debido a que fueron 13 los estados que se independizaros de Inglaterra, para formar lo que hoy conocemos como Estados Unidos, sin embargo... también da que pensar si tenemos en cuenta que para los masones, el 13, era el número de la transformación...

Además, hay otro símbolo relacionado con los masones: En la piramide del billete, se puede formar el hexagrama si se unen las **letras A en Annuit, la S en Coeptis, la N en Novus, la O en Ordo y la M en Seclorum.** Bien ordenadas estas letras, forman la palabra **Masón.**

Es obvio que el billete de un dólar, no los vamos a "botar" por tener estos símbolos anatemas, pero sí vemos el rumbo del cumplimiento profético del Nuevo Orden Mundial al cual va el mundo y podemos saber que estos símbolos no los podemos tener ni encima como prendas o en ropa ni entre nuestros enceres.

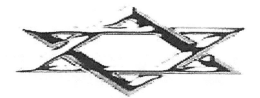

Hoy en día muchos tienen curiosidad por saber más acerca de esta estrella de David, ya que también se ve en lo oculto como un símbolo. La verdad es que no hay registros fiables que nos permiten determinar su origen. Se cree que era el escudo de armas del rey Salomón.

En realidad su origen no está claro para muchos. Las declaraciones de acusar al pueblo judío de tener un símbolo que es "satánico" tiene que ver muchas veces con un sentimiento anti - semita, y si profundizamos podemos ver que hay una fuerte oposición en contra de Israel como una tierra bendecida hoy.

Aun siendo cierto que su origen no está claro, siempre se asocia con el pueblo de Israel, y hoy es un símbolo del Estado de Israel, la bandera y los militares miran este emblema.

Hablar de este símbolo en este libro no tiene nada que ver con el sentimiento anti - semita, sino explorar un poco sobre esto.

Hay referencias que afirman que la estrella de seis puntas tuvo originalmente un sentido mágico y se colgaba en las paredes para alejar los malos espíritus. Los alquimistas lo usaron para representar la conexión entre el cielo y la tierra. Algunos dicen que fue en el siglo XIV cuando los judíos en Praga incorporaron el hexagrama y en el siglo XIX se introdujo cada vez más en las sinagogas y como objeto de culto. En 1890, el movimiento sionista tomó la estrella de David como emblema.

Otros dicen que después de la Segunda Guerra Mundial, los judíos adoptaron el uso del Hexagrama pero no como un símbolo del rey David, sino como su representación de prisión y muerte.

Israel decidió recordar por siempre su dolor y la infamia hecha contra ellos en el Holocausto. Hoy en día es un delito en Alemania decir que el Holocausto nunca existió.

En 1947, e impulsado por la familia Rothschild, los judíos eligieron el hexagrama como emblema nacional de la bandera. Por un solo voto ganó este diseño contra el símbolo del menorah con los dos olivos.

Algunos dicen que el verdadero origen del hexagrama o "Sello de Salomón", viene de la religión llamada "Bon Po", que es el aspecto oculto y mágico del budismo. La composición de dos triángulos representa la dualidad que se encuentra en las filosofías orientales. Según algunos, es un símbolo similar al Yin-Yang en que se une todo, pero no lo malo y lo bueno; ya que en la filosofía taoísta, Yin y Yang son ambos "buenos" y "correctos" a la vez.

Fue Hitler quién en los campos de concentración nazi, mandó a los judíos a ser "marcados" con una estrella de David amarilla en sus ropas. Y curiosamente, Hitler tenía una profunda relación con el ocultismo.

Es de impacto hallar y leer estos dos textos bíblicos:
*"Antes bien, llevabais el tabernáculo de vuestro Moloc y Quiún, ídolos vuestros, la estrella de vuestros dioses que os hicisteis" (Amós 5:26)*

*"Antes bien llevasteis el tabernáculo de Moloc, Y la estrella de vuestro dios Renfán, Figuras que os hicisteis para adorarlas. Os transportaré, pues, más allá de Babilonia" (Hechos 7:43) "Antes bien llevasteis el tabernáculo de Moloc, Y la estrella de vuestro dios Renfán, Figuras que os hicisteis para adorarlas. Os transportaré, pues, más allá de Babilonia" (Hechos 7:43)*

Para los ocultistas el hexagrama es uno de los símbolos más potentes usados en los poderes de las tinieblas y empleado para trabajos de magia. Según los hechiceros, La Clave es el equilibrio y el hexagrama gobierna los 7 planetas. Es utilizado para desterrar o invocar fuerzas planetarias.

Muchos dicen que este símbolo llegó a Israel a través de los viajeros y sabios del este. El más antiguo hexagrama en Israel está tallado en el friso de la sinagoga de Capernaún y curiosamente al lado de un pentagrama invertido

Se dice que el hexagrama fue adoptado por los paganos y ocultistas que vivían en Israel en el tiempo del rey Salomón y lo usaron para dar una simbología gráfica para la gran sabiduría de este rey. A partir de ahí, los cabalistas judíos descubrieron su gran poder esotérico y comenzaron a usarlo.

Según los esoteristas, el triángulo con el vértice hacia abajo es el descenso del espíritu hacia la materia para dar vida a la forma en los reinos mineral, vegetal y animal. El triángulo con el vértice hacia arriba es la materia espiritualizada. Es el cuerpo, el alma y el

Espíritu en el hombre.

Y los dos triángulos enlazados no representan fuerzas en equilibrio, sino un estado de acción y reacción.

Rito de iniciación masónico en la Logia Azul

## *Yin-Yang*

Describe las dos fuerzas fundamentales opuestas y complementarias, que se encuentran en todas las cosas. El yin es el principio femenino, la tierra, la oscuridad, la pasividad y la absorción. El yang es el principio masculino, el cielo, la luz, la actividad y la penetración.

El yin y el yang son un concepto que nace de la filosofía oriental basada en la dualidad de todo en el universo. Describe las dos fuerzas fundamentales opuestas pero complementarias, que se encuentran en todas las cosas. De acuerdo con este punto de vista cada ser, objeto o pensamiento posee un complemento que depende para su existencia y que a su vez existe dentro de ellos, de deducir de esto que nada existe en estado puro , ya sea en absoluta quietud , sino una transformación continua. Este símbolo tiene relación a la filosofía taoísta y al ocultismo.

## *Pentagrama Invertido*

Simboliza la estrella de oriente y la estrella de la mañana, nombre que Satanás ha tomado para sí. Usada en brujería y rituales ocultos para conjurar espíritus de maldad. Puede estar dentro de un círculo o no, de cualquier manera representa a Satanás.

SIMBOLIZA LA SUPREMACÍA DE LA NATURALEZA SOBRE LO "ESPIRITUAL". ESTA SUPREMACÍA SE PUEDE EXPLICAR DE DOS FORMAS:

a) NO HAY NINGÚN DIOS NI PRINCIPIO ESPIRITUAL EN EL UNIVERSO, TODO SE RIGE POR LAS LEYES NATURALES.

b) EL COMPONENTE DE LOS SERES HUMANOS LLAMADO "ESPÍRITU" (OSEA, INTELIGENCIA, SENTIMIENTOS, ETC.) NO ES MÁS QUE UN PRODUCTO DE LA EVOLUCIÓN NATURAL Y DEPENDE DEL CUERPO FÍSICO.

EN EL PENTAGRAMA INVERTIDO LAS TRES PUNTAS INFERIORES REPRESENTAN LA NEGACIÓN DE LA "SAGRADA TRINIDAD" DE LOS TEÓLOGOS CRISTIANOS Y LAS DOS PUNTAS SUPERIORES REPRESENTAN LA AFIRMACIÓN DE LAS PARIDADES O CONTRASTES QUE REALMENTE EQUILIBRAN Y DIRIGEN EL UNIVERSO Y LA VIDA, COMO POR EJEMPLO: CREACIÓN/DESTRUCCIÓN, POSITIVO/NEGATIVO, MASCULINO/FEMENINO, ACCIÓN/REACCIÓN, VIDA/MUERTE, ACTIVO/PASIVO, ETC.

En algunas tradiciones Wiccans, el pentagrama al revés es un símbolo de status de "segundo grado" - alguien que ha sido elevado de "iniciado". Para los miembros de estas tradiciones, el pentagrama al revés es considerado muy positivo y no tiene conexión con el Sata-nismo, lo cual no es cierto.

Algunas brujas actuales suelen ejecutar sus hechizos pisando un dibujo del pentagrama invertido, para mantener dominadas las energías malignas.

*Baphomet*

También conocido como "Bafomet" o "Baphometti", era un dios pagano de la fertilidad, asociado con la fuerza creativa de la reproducción, su cabeza era representada por un carnero y cabra, lo cual era símbolo de la procreación y de la fecundidad, usado con frecuencia por las culturas antiguas. Antiguo dios del culto a Baal y de la masonería.

El siguiente monumento a Washington se dice ser una comparación a la imagen de Baphomet.

Este símbolo de la escuadra y el compás es el más famoso de los masones, G, significa GADU (gran arquitecto del universo) y de ahí el compás y la escuadra, además de que los primeros masones se dicen que eran albañiles.

Es comúnmente aceptado que la Francmasonería moderna procede de los gremios de constructores medievales de castillos y catedrales que evolucionaron hacia comunidades de tipo especulativo e intelectual, conservando parte de sus antiguos ritos y símbolos. Este proceso, que pudo iniciarse en distintos momentos y lugares, culminó a principios del siglo XVIII.

Los constructores o albañiles medievales, denominados masones, disponían de lugares de reunión y cobijo, denominados logias, situados normalmente en las inmediaciones de las obras. Era común a los gremios profesionales de la época el dotarse de reglamentos y normas de conducta de régimen interior. Solían también seguir un modelo "ritualizado" para dar a sus miembros acceso a ciertos conocimientos o al ejercicio de determinadas funciones.

Curiosamente puesto el símbolo de la escuadra y el compás al revés, da exactamente el pentagrama invertido, en donde va la imagen de Baphomet.

Hay una leyenda masónica de Hiram Abiff, la cual fue usada en el Rito Operativo de los Iluminados de Baviera de la Orden Illuminati y en el Rito Operativo de Memphis-Misraïm de la Sociedad O.T.O., con dos Ritos iniciáticos del Sistema de iniciación denominado "Rojismo".

Es evidente como la masonería usa como referencia al Hiram Abi que construía el templo de Salomón, pero a partir de esto inventa otra historia de Hiram Abiff con un desenlace siniestro sin bases históricas, ni bíblicas, por una historia inventada que surgió por la masonería francesa en el siglo XVIII que cuenta que Hiram tiene un sueño con un espíritu que le lleva al centro de la tierra y le muestra fuego.

Albert Pike, soberano sumo máximo pontífice de la masonería, nacido el 29 de Diciembre de 1809 en Boston, fue un Satanista, que se sumergió en lo oculto, y aparentemente poseía una pulsera que usaba para convocar a Lucifer, con quien tenía constante comunicación. Fue el Gran Maestro de un grupo Luciferino conocido como la Orden del Palladium (o el Consejo Soberano de la Sabiduría), que se había fundado en Paris en 1737. El "Palladismo" fue llevado a Grecia desde Egipto por Pitágoras en el siglo VI antes de Cristo, y fue este culto de Satanás el introducido en el círculo interno de las logias Masónicas. Se alineaban con el Palladium de los Templarios.

En su libro,"Morals and Dogma" (morales y dogmas) Pike escribió: "Cada Logia Masónica es un templo de religión; y sus enseñanzas son instrucciones en religión... la Masonería, como todas las religiones, todos los Misterios, Hermetismo y Alquimia, oculta sus secretos de todos excepto de los Adeptos y Sabios, o los Elegidos, y usa explicaciones falsas y malas interpretaciones de sus símbolos para confundir... ocultar la Verdad, a la que llama Luz, de ellos, y apartarlos de ella... La verdad debe mantenerse secreta, y las masas necesitan una enseñanza proporcionada a su razón imperfecta..."

Pike escribe: "El verdadero nombre de Satanás, dice el Cabalista, es el de Yahveh invertido; pues Satán no es un dios oscuro... Lucifer, ¡el portador de la Luz! ¡Extraño y misterioso nombre dado al Espíritu de la Oscuridad! Lucifer, ¡el Hijo de la Mañana! ¡Es él quien porta la luz... No lo dudes!"

Albert Pike explicó en Morals and Dogma como la verdadera naturaleza de la Masonería es mantener el secreto a los Masones de los grados inferiores: "Los Grados Azules son solo la corte exterior o pórtico del Templo. Parte de los símbolos se representan ahí al Iniciado, pero intencionadamente se le confunde con falsas interpretaciones. No se pretende que los entienda; sino que se pretende que crea entenderlos. Su verdadera explicación se reserva para los Adeptos, los Príncipes de la Masonería... Está bien para la masa de Masones, creer que todo está en los grados Azules; y los intentos de desengañarlos fracasarán."

Este muy reconocido masón de grado 33 explicó que Lucifer era el dios de su religión y además compara que Lucifer es "Dios".

 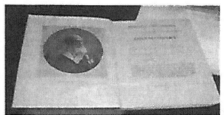

Aquí está evidenciado lo escrito en la página 321 en inglés en su libro:

La capital de Estados Unidos fue diseñada por Pierre Charles L'Enfante en 1791, que era masón y lo hizo con la característica de encerrar la simbología de la orden y sus significados que son solo asequibles a los iniciados en la masonería.

En 1792 Andrew Ellicot hizo algunas variaciones a los planos originales, estando a cargo de la supervision de los trabajos Thomas Jefferson que fungía como Secretario de Estado.

1. Dupont Circle, Logan Circle, y Scott Circle en el medio forman el pentagrama.
2. Washington Circle forma la parte extrema izquierda.
3. Mt. Vernon Square extrema derecha.
4. La Casa Blanca forma el quinto punto.

Dupont Circle, Scott Circle, y Logan Circle tienen 6 calles que terminan en ellos.

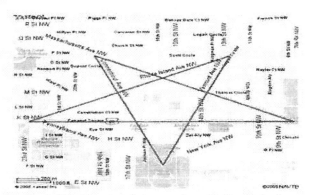

El Pentagrama invertido con la cabeza de cabra que representa a Satanás, se forma entre la Dupont Circle, Logan Circle y Scott Circle. Verán que cada una de estas intercepciones están formadas por 6 diferentes avenidas que coinciden en un círculo formando el conocido número 666.

Mas abajo la Mt Vernon Square a la derecha y la Casa Blanca a la izquierda conforman el pentagrama de "poder" masónico.

En el mismo plano, pero con una vista aérea que le permitirá ver con mayor claridad:

La Casa del Templo Masónico está localizada a 13 cuadras al norte de la Casa Blanca. Pennsylvania Avenue, que va del Capitolio a la Casa Blanca, representa una de las patas del compás y Maryland Avenue, que corre del Capitolio a Thomas Jefferson Memorial, representa la segunda pata del compás. Y esta a 39 grados.

La Escuadra Masónica Union Square, forma un brazo con Louisiana Avenue y el otro con Washington Avenue. Maryland.

La regla masónica, se ve al Sur de la Casa blanca y hacia el centro de la base del Monumento a Washington corriendo después al Este del Capitolio.

## *La cruz invertida*

La cruz invertida simboliza burla y rechazo a JESÚS. Los adoradores del diablo se ponen estas cruces como collares. Puedes verla en cantantes de Rock y en las portadas de sus discos.

A aquellos jóvenes que se inician en el satanismo, según el testimonio de personas que han salido de allí, les dan una cruz de estas de cerámica en su ceremonia de iniciación para que rompan los brazos de esta cruz, lo cual hace un contrato con Lucifer que según ellos no se puede romper porque la ceremonia significa decirle no para siempre a Dios. Sin embargo, la sangre de Cristo puede romper ese contrato. Muchos satanistas piensan que ya no tienen salida desde que hicieron eso y están completamente engañados.

El fallecido Papa Juan Pablo II, en Marzo 24 del año 2000, frente a miles de personas en Israel, se sentó un una silla grande con una cruz invertida. Esta cruz él también la usaba como símbolo cuando era Cardenal en el Vaticano.

Aunque el católico siempre dirá que para el catolicismo la cruz invertida representa la muerte de Pedro, es de resaltar los testimonios de algunos ex satanistas y ex brujas que dijeron haberse reunido en sus tiempos de brujos con este Papa y que él sabía perfectamente quiénes eran.

## *La cruz quebrada o cruz de Nerón*

Se dice que este símbolo apareció en algunos bastones de los temibles SS de la Alemania Nazi de Hitler, de lo cual no está cien por ciento confirmado. Sin embargo, su significado en el ocultismo es "las ruinas del hombre muerto".

Durante 1958 el diseñador Gerald Holtom utilizó este símbolo para manifestarse "en contra de la guerra Nuclear". Al tratar de explicar su origen, dijo que estaba inspirado en el alfabeto de señales marítimas, representando la D por desarme y la N por nuclear.

El mismo Gerald Holtom dijo que, para diseñar este logo, se inspiró en una pintura de Goya llamada Fusilamientos del 3 de Mayo, donde Goya se dibujó a sí mismo con las manos extendidas. Él formalizó el dibujo encerrándolo en un círculo. Después, decidió que este signo no debía ser representación de dolor sino de paz, entonces, lo invirtió. Negando abiertamente la versión de las señales marítimas.

Los satanistas utilizan éste símbolo, mucho antes de 1958, en forma de burla contra el cristianismo, porque representa una cruz quebrada hacia abajo.

La Cruz de Nerón fue utilizada por los satanistas en forma de burla contra el cristianismo durante la Edad Media. Existe también la teoría de que este signo haya sido implantado por los Illuminati como parte de la conspiración mundial durante los años 60 mediante un significado totalmente contrario al real para lograr que todo el mundo utilice este signo sin realmente conocer su verdadera historia.

Comparemos:

Esta cruz quebrada o de Nerón es exactamente igual al edificio en donde está la Super computadora **llamada "LA BESTIA"**

Ésta supercomputadora está ubicada en la sede de la comisión europea, en el edificio Berlaymont, en Bruselas Belgica, y abarca 3 pisos de tal edificio. Mire la imagen y verá exactamente el mismo símbolo:

*Cruz satánica*

Esta cruz satánica cuestiona la Deidad de Dios. Dentro del ocultismo representa los tres príncipes coronados: Satanás, Belial y Leviathan. Significa completa sujeción bajo Lucifer. Representa "dominio y sujeción a Lucifer".

Quiero mostrarles a la vez unos símbolos del llamado "Neo druidismo" y que tiene que ver con el llamado "ocho vago".

El ocho vago simboliza el satanismo y a su vez el infinito y es considerado como el yin-yang occidental. Simboliza también la inmortalidad y representa una supuesta eterna victoria de Lucifer. La cruz de la iglesia satánica incluye ese símbolo, y se está vendiendo mucho como prendas dirigido a jovencitas.

**Ocho Vago**          **Cruz de la iglesia de Satanás**

## Neodruidismo:

## El Pentagrama

Los sumerios utilizaron el Pentagrama en sus rituales, y lo sostuvieron como objeto sagrado. Pitágoras lo usaba como un símbolo de salud y sus seguidores lo usaban para reconocerse entre ellos.

Para el ocultismo el pentagrama representa un espíritu eterno que controla los cuatro elementos: Aire, Fuego, Agua y Tierra y es el símbolo de la "gran diosa".
Se usa en la magia blanca.

A cada punta del Pentagrama se le asigna un elemento: La tierra, el viento el fuego y el agua, con el espíritu rodeándolos. El símbolo del Pentagrama es utilizado para desterrar o para invocar fuerzas demoníacas. Este símbolo es uno de los más potentes utilizados en la Magia.

Para los ocultistas Fuego simboliza el poder del deseo y la pasión, y Tierra la prosperidad y bienes materiales, el aire, las abstracciones no tan personales y el agua todo aquello que no es lineal ni racional y que no establece diferencias.

Este símbolo es muy también usado muy representativo en el ocultismo. Los símbolos hebreos alrededor del circulo transformándolas a nuestro abecedario darían las siguientes letras: L, V, Y, S, N.

Formándolas a partir de la parte inferior, y siguiendo la dirección contraria al reloj de aguja, pronunciándolas sonarían como Leviatán, la serpiente de las profundidades marinas, que para el ocultismo es símbolo de las fuerzas ocultas de la naturaleza.

Igual se puede ver esto en algunas ocasiones en el símbolo de Baphomet:

## *El hexagrama Unicursal*

El hexagrama unicursal es llamado así porque puede estar en un movimiento continuo y esto es algo clave para los ocultistas cuando se forman figuras en la magia ritual, donde una línea continua es preferible a un movimiento interrumpido. El símbolo fue diseñado por la Golden Dawn, y posteriormente adaptado por Aleister Crowley como un dispositivo de significación personal. Es a menudo usado por thelemitas como un signo de identificación religiosa y reconocimiento. *Thelema es una filosofía de vida basada en la regla o ley, "Haz tu Voluntad"*. Thelema es un culto solar donde cada persona es identificada con el sol. El hexagrama unicursal fue creado con el propósito de dibujar la figura en un movimiento continuo, como lo es el pentagrama por ejemplo. Para ellos esto es importante en la magia ritual y debe hacerse al invocar y desterrar hexagramas.

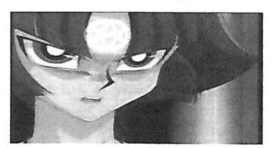

Yu-Gi-Oh fue un fenómeno internacional que cautivó a millones de fans en todo el mundo y bien preocupante es el hecho de que fue dirigido principalmente a niños y adolescentes. El juego de cartas y sus productos relacionados contienen símbolos ocultos y referencias tomadas de las sociedades secretas.

Yu-Gi-Oh es un manga japonés creado por Kazuki Takahashi que generó una franquicia que incluye programas de televisión, venta de juegos de cartas, video juegos y películas. Este fenómeno ha llegado a millones de aficionados en todo el mundo, pero todavía es bastante desconocido por algunos. Está impregnado con el simbolismo de las sociedades secretas, en particular de la Ordo Templi Orientis, una Hermandad oculta popularizada por Aleister Crowley.

La Ordo Templi Orientis (OTO) es una Orden Hermética proveniente de la Masonería y el Iluminismo alemán y enseña a sus iniciados los secretos de los Misterios, el gnosticismo, la magia del sexo, la Kabala y la **Thelema.**

**Brujo del pasado siglo XX: Aleister Crowley**

Aleister Crowley, fue un practicante de magia Negra y usaba drogas pesadas (incluida la heroína). Le gustaba ser llamado "el hombre más malo del mundo". Su personalidad polémica ha ayudado a popularizar la OTO, e incluso formó parte de la cultura popular. Fue admirado por músicos populares reconocidos como los Beatles, entre otros. La influencia de Crowley va más allá de los meros tributos de sus admiradores. La OTO ha participado durante décadas en la producción de productos culturales destinados a las masas. *Los miembros de la OTO participan también en algunos de los guiones de las películas de Hollywood.*

Aliester Crowley fue incluído en la portada de este disco de los Beatles: "Sergeant Peppers Lonely Hearts Club Band"

A pesar de que Yu-Gi-Oh fue y es un fenómeno en todo el mundo con una enorme base de fans, pasa desapercibido por aquellos que no están familiarizados con la franquicia. Una mirada educada en las imágenes utilizadas en Yu-Gi-Oh! revela la fuerte influencia de Aleister Crowley y su simbolismo. La OTO ha intervenido históricamente en la realización de producciones de Hollywood y en best-seller para, aparentemente, difundir su filosofía en la cultura popular. Yu-Gi-Oh sin lugar a dudas es parte de ese plan. La presencia del simbolismo que es considerado sagrado y muy potente por los ocultistas en un producto que se destina para los niños es bastante inquietante. Esto es lo que se llama "adoctrinar a los jóvenes" **Se ha demostrado que la mente de los hombres debe ser capturado a una edad temprana con el fin de influir en su pensamiento a lo largo de su vida.**

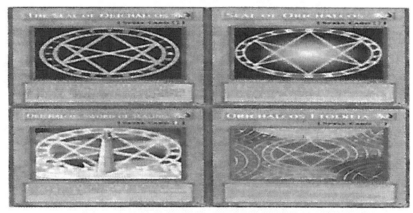

*Tarjetas para "juegos" dirigidas a niños con el hexagrama unicursal*

En el caso de la película de Yu-Gi-Oh, se basa enteramente en el descubrimiento de los elementos del Milenio que dan a Yu-Gi gran poder y provocando en parte la posterior llegada de Anubis, el dios de los muertos. Estos colgantes del Milenio son muy simbólicos.

Los colgantes consisten en un Ojo de Horus dentro de un triángulo, que es probablemente el símbolo más reconocible de los Illuminati y de las sociedades secretas de hoy en día. El Ojo de Horus en un triángulo se encuentra en el Lamen de la OTO Crowley. Como ya usted pudo ver en la foto de la página anterior, también les gustó para usarlo como un sombrero.

Yu-Gi-Oh! fue y es hipnotizante para los niños con luces intermitentes y ojos de Horus en todas partes (¡INCREIBLE!)

Hablando de productos derivados, la película también promueve el deber de comprar tarjetas e incluso esta tarjeta que llevan algunos personajes.

En la película, el enfrentamiento entre Yu-Gi y Anubis, las dos fuerzas opuestas representadas por el triángulo hacia arriba y hacia abajo de sus colgantes, también está representado como un enfrentamiento en el plano astral.

Yu-Gi vs Anubis, cada uno con un elemento del Milenio. Fíjese en su tercer ojo iluminado (En su frente).

Triángulo ascendente y descendente.

En el simbolismo oculto, la unión de un triángulo ascendente y descendente crea un hexagrama, también conocido como el sello de Salomón en algunos círculos como ya habíamos mencionado, y representa la unión de dos fuerzas opuestas. La adaptación de Aleister Crowley (o apropiación) de este símbolo es el "hexagrama unicursal", hexagrama o estrella de seis puntas que se puede dibujar con una línea continua en lugar de dos triángulos superpuestos.

### *La estrella y luna creciente*

Representa a la diosa de la luna Diana, y a la "estrella de la mañana", el nombre de Lucifer en Isaías 14:12. La brujería usa este símbolo para mostrar el camino al satanismo y el satanismo lo usa en la dirección opuesta para mostrar el camino a la brujería. La historia demuestra que antes del surgimiento del Islam, muchos árabes adoraban a la luna. El símbolo de la luna creciente se ve por todas partes en el mundo islámico. En el año 1950 se halla un ídolo de Alá con la luna creciente en su pecho en Hazor, Palestina.

*Anarquía*

Significa abolir todas las leyes. En otras palabras "haz lo que quieras".

Es triste decir que esto es muy popular entre muchos de los niños y adolescentes de hoy; este símbolo para la anarquía se adapta al mensaje que impregna los videojuegos más populares, las películas y la televisión. Las líneas de la "A" a menudo se extienden fuera del círculo.

Para muchos satanistas y otros grupos ocultistas de rápido crecimiento, representa su lema: "Haz lo que quieras" Algunos ex ocultistas han explicado que representa a Asmodeo, una fuerza demoníaca que lleva a los adolescentes hacia la perversión sexual y el suicidio.

### *El cuerno Italiano*

Es un amuleto que se dice que fue introducido por los Druidas de Escocia e Irlanda. Es asociado con la Buena suerte y la Buena fortuna. También es usado como el "ojo del mal". Según el ocultismo significa que Satanás tomará control de tus finanzas. Muchos lo relacionan al caballo mitológico unicornio.

### *El uroboros*

El Uruboros o "Ouroboros" es un símbolo antiguo que representa una serpiente o un dragón comiéndose su propia cola. El nombre proviene del griego; (oura) que significa "cola " y (boros) que significa " comer ", por lo que significa "el que come la cola" . El Uroboros representa la renovación cíclica perpetua de la vida y el infinito , el concepto de la eternidad y el eterno retorno , y representa el ciclo de la vida, la muerte y el renacimiento , lo que lleva a la inmortalidad, como sucede comparativamente y en semejanza con el caso del de Phoenix, el pájaro de fuego sagrado mítico que se puede encontrar en las mitologías de los egipcios, árabes, persas, griegos, romanos, chinos, hindúes, fenicios, mesoamericanas, los nativos americanos, y etcétera.

También dicho y escrito "Uróboros" u "Ouraborus", este símbolo fue muy emblemático en Egipto y la antigua Grecia.

El Uroboros también representa el dragón, que simboliza "el alfa y omega", atributo que pertenece realmente a Jesucristo, que es el principio y el fin, por ser "alfa" y "omega" la primera y última letra del alfabeto griego. El círculo es un símbolo del dios sol y Lucifer y los ocultistas lo utilizan para invocar los poderes demoníacos, por eso todos los símbolos ocultistas en su gran mayoría, unas veces van encerrados dentro de un círculo y otras no. Un ejemplo de esto lo podemos ver en la vieja película "The Ring" o "El aro" (2002). Tenga cuidado con el tipo de película que lleva a casa para ver. Hay muchas nuevas películas en estos tiempos que vienen con mucho contenido oculto y que son puertas abiertas al enemigo. Los cristianos dedicamos todo a Dios. Y… ¿A quién crees que los ocultistas dedican lo que hacen?

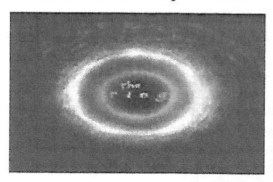 

## La "S" Satánica

Representa un rayo cayendo, que significa "Destructor". En la mitología, Era el arma de Zeus. Puesta en el cuerpo o en la ropa significa poder sobre los demás. Además usada por los temidos SS de la Alemania Nazi. Isaías 14:12 nos habla de la caída de Satanás. Es interesante leer en la Biblia también la afirmación de Jesucristo: *"Yo veía a Satanás, como un rayo que caía del cielo" (Lucas 10:18)*

Este símbolo lo puede ver en los anillos y uniformes nazis:

*Anillo nazi*     *Uniforme nazi*

*Pallium Papal*

Note el uso de la cruz *"Pattée o Formée"* en un antiguo Rey 2800 años atrás, el Rey **"Shamshi Adad V"**. El uso de esta cruz simbolizaba la adoración pagana al sol.

## *La Cruz Tau*

Símbolo del dios Matras de los Persas y de Aryans de la India. Para ellos, Mathras era el ángel de luz, o la luz celestial. Es usado por modernos masones como símbolo de la T cuadrada. Los Galos llegaron a usar la Tau o cruz T para representar el martillo de Thor el cual era no sólo una máquina de destrucción, sino que como la tormenta, un instrumento de vida y fecundidad.

Tenga mucho cuidado con algunas prendas o enceres que tienen que ver con mitología nórdica y que tienen alguna "frase" escrita que usted no puede entender y que muestra algún tipo de simbología que usted no conoce.

Un ejemplo bien específico que podemos darle, es la prenda de la siguiente ilustración:

## *La mano cornuda*

Es un signo de reconocimiento entre aquellos que están dentro del ocultismo, aunque se ha popularizado mucho entre jóvenes por seguir a estrellas de Rock que hacen esta señal con las manos. Es hecho con el pulgar sobre los dedos anulares y medio, mostrando como "cuernos" el dedo índice y el dedo meñique y es hecho con la mano izquierda usualmente.

Ha habido mucha confusión entre círculos cristianos con este signo y el signo para el leguaje sordo mudo con señas que significa "te amo". Como verá en las siguientes imágenes *NO ES LO MISMO:*

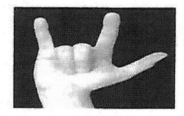 

"Te amo" en el lenguaje de señas

Mano cornuda

La mano cornuda se ha visto en figuras públicas reconocidas, sean políticas, actores, cantantes de diversos géneros de música y más etcétera.

### *Símbolo de la luna creciente*

Se usaba y usa dentro de algunos círculos ocultistas para saludar a la luna creciente y como saludo entre ellos, aunque hoy en día se ha popularizado como algo normal de gesto por algunos atletas y deportistas.

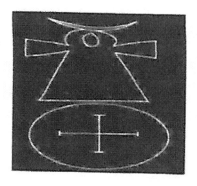

Esta simbología satanista indica que en ese lugar se ha realizado una misa negra o se llevará a cabo. Arriba usted puede ver la media luna o luna creciente.

### Ritual de sangre

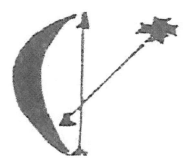

Este símbolo es asociado a la magina negra y representa sacrificios rituales de animales y seres humanos. Allí usted puede ver la luna creciente de nuevo.

### Ritual Sexual

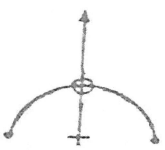

Este símbolo representa que se ha hecho o se habrá de hacer un ritual sexual, siendo que este tipo de rituales son propios de la magia negra. Puede ver nuevamente la luna creciente pero al revés.

## *La calavera*

Es el símbolo de la muerte y usado para maldecir. En ritos satánicos sirve como recipiente para colocar la sangre de los sacrificios. Es usado en varias ocasiones por jóvenes en collares, anillos y etcétera. La influencia negativa en el campo espiritual con esto es muy fuerte.

Este símbolo es usado en el vudú, que es expresado como magina negra.

En la siguiente imagen podrá ver a una sacerdotisa vudú besar el suelo. Para ellos, "La tierra no solo se bea delante de los hombres y los dioses, también frente a los objetos sagrados"

La Sacerdotisa pronuncia los nombres de deidades y se inclina tres veces al suelo y lo besa. Al igual que el Papa Juan Pablo II solía hacer.

***Fallecido Papa Juan Pablo II junto a Sacerdotes Vudú***

Prenda Vudú en comparación al símbolo masón

## *Pirámides*

Las pirámides eran construidas con grandes bloques de piedra y hechas con puertas falsas, pasillos ciegos y otros obstáculos para engañar a los asaltadores de tumbas.

Era donde se cuidaba el cuerpos y las pertenencias del faraón y la conexión que tenía el alma de éste con el más allá, los astros y los dioses, además de ser las escalera al cielo para los difuntos.

Se dice que desprenden descargas eléctricas positivas y que concentran poderes cósmicos. Son usadas como instrumentos de suerte y adivinación, porque supuestamente contienen revelaciones y profecías del mundo.

## *El obelisco*

El Obelisco se resume por ser un pilar de cuatro caras que mira a las cuatro esquinas de la tierra; siendo una pirámide en su extremo superior; lo cual represente en sí la combinación del poder religioso y del poder político; para los jesuitas, masones e iluminados, representa secretamente "un solo gobierno mundial".

Según se rumora, los jesuitas también lo tenían como espera de que un presidente de los Estados Unidos se juramentara de cara frente al obelisco; lo cual sería señal de que el ecumenismo hubiera acabado con el protestantismo; en una preparación para un concordato entre Norteamérica y el Vaticano.

El 20 de enero de 1981, el presidente Reagan se juramentó de cara a este monumento; al lado oeste del capitolio, a donde fue trasladada por primera vez la ceremonia. No se confirma si sabía algo al respecto.

El obelisco representa también el órgano sexual del dios Pan, que es el dios mitad cabra mitad hombre, dios de la sensua-lidad. Pan es otro nombre con el que se conoce a Lucifer en la mitología.

La Aguja de Cleopatra, el obelisco egipcio más famoso de todos los tiempos, se encuentra en la Basílica de San Pedro en el Vaticano.

Según Wikipedia, la enciclopedia libre, "El obelisco tambien simboliza un rayo del Sol, la estabilidad y fuerza creadora que poseía el dios solar Ra. Los egipcios creían que los rayos del Sol llevaban hasta la tumba un gran poder vivificante que tenía algún efecto en la posterior resurrección del difunto. También se pensaba que el dios existía dentro de la estructura".

En la basílica de San Pedro, se puede ver la unión del "gran acto sexual".

Al tener el obelisco, en medio del "camino de 8 pasos a la iluminación" en la Basílica de San Pedro, el Papa está en posición perfecta para "dar la cara al obelisco" diariamente, tantas veces al día como así lo desea, adoptando el mismo rito de adoración al dios Sol, Ra, exactamente como lo hacían los egipcios.

De frente al obelisco, se muestra una cruz torcida, con un "Jesucristo" de aspecto muy delgado y como "demacrado" y patéticamente ejecutado en la cruz, con sus brazos y piernas dolorosamente delgadas y demacradas.

Esta cruz tiene a su vez un símbolo llamado "el cono de pino", representa el poder de la regeneración en el paganismo, y se puede encontrar desde "Tammuz" dios babilónico.

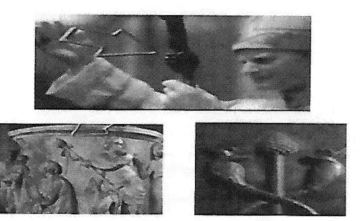

En las imágenes puede ver un "dios" griego-romano de la bebida y rebeldía con el cono de pino en su bastón, también símbolo de la fertilidad y del dios pagano del sol.

## El rosario

El rosario es una práctica que resalta a la iglesia Católica romana como institución.

Al dar el Padre nuestro, Cristo nos dio un tipo de oración modelo, si no hubiese sido así, hubiera habido contradicción cuando de antemano condenó las vanas repeticiones. Es imposible que Cristo, como forma visible de Dios se contradiga, pero hay gente que no entienden.

"Orando, no uséis vanas repeticiones, como los gentiles, que piensan que por su palabrería serán oídos" (Mateo 6:7)

La palabra "rezo" no sale en la Biblia.

La práctica del rosario, ella ya usada dentro del paganismo.

***Deidad Hindú sosteniendo un rosario "adoración pagana".***

Era común enterrar a los faraones de Egipto con sus rosarios y los Cultos paganos en el Este, también usaban rosarios en sus prácticas. En la siguiente imagen de origen de Mesopotamia, podrá ver el uso del rosario por un sacerdote pagano.

## *El escarabajo egipcio*

Los amuletos del escarabajo se solían tallar en piedras como el lapislázuli o en turquesa. Los antiguos egipcios; veneraban al escarabajo como "Khepera", que significa "el que emerge", aludiendo a sus hábitos, por lo cual le asociaban al dios creador "Atum". Las antenas que tenía el escarabajo las utilizaba para enrollar el excremento, a raíz de estas se asoció con el símbolo del sol; ya que se creía que "Khepera", o el dios escarabajo, empujaba al sol por los cielos, de la misma manera en que el escarabajo empuja con sus antenas el estiércol hasta su madriguera. Si en la actualidad, lo vemos que lo tiene un satanista, para ellos significa poder y fuente de protección. Algunos asocian este símbolo a Beelzebub, príncipe de los demonios de Satanás.

Se cree que Belcebú o Beelzebub derivaría etimológicamente de "Ba'al Zvuv" que significa "El Señor de las Moscas". Por otro lado el nombre Beelzebub era usado por los hebreos como una forma de burla hacia los adoradores de Baal, debido a que en sus templos, la carne de los sacrificios se dejaba pudrir, por lo que estos lugares estaban infestados de moscas.

Belcebú en sus formas alegóricas toma a veces apariencia colosal; de rostro hinchado, coronado con una cinta de fuego, cornudo negro y amenazante, peludo y con alas de murciélago.

Para algunos, este símbolo significa la reencarnación. Lo

vemos representado en la mayoría de los amuletos de la cultura egipcia; lo cual, para ellos, era de origen sagrado. Este escarabajo, como ya mencionamos, se hizo muy famoso por el hábito de enrollar bolas de excrementos que luego depositaba en su madriguera. La hembra ponía sus huevos sobre el excremento y cuando las crías nacían se nutrían de estiércol. Cuando las crías se comían todo su alimento, emergían de su madriguera.

***El Ankha o cruz Ansata***

Si se relaciona con los dioses paganos (necher en antiguo egipcio) representa su "inmortalidad", su inmanencia, afirmando así su condición de "eternos". Si se relaciona con los hombres, en cambio, significa la búsqueda de la inmortalidad, razón por la cual es utilizada para describir la vida en contraste con la muerte, o bien con la idea de la vida después de la muerte, entendida como una reencarnación.

Es un también un jeroglífico egipcio con forma de cruz ansada (cruz con la parte superior en forma de elipse o lazo, ansa -asa-), y fue un símbolo muy utilizado en la iconografía religiosa de esta cultura.

Se usaba también para adorar al dios sol; y según algunos, era con ella con la cual los egipcios sellaban maldiciones para proteger los tesoros de los faraones una vez que eran momificados. La palabra "Ankha" proviene del faraón Tutankamón. Simboliza también los rituales de la fertilidad.

## El zodíaco

En la astrología, las constelaciones del zodíaco definen los doce signos zodiacales utilizándose históricamente como método de adivinación y confección de horóscopos. El signo presente en la fecha de nacimiento se vinculaba al ser que acababa de nacer "marcándole" de por vida.

El zodíaco está formado por doce signos o por catorce constelaciones. Según la astrología occidental, las personas nacidas bajo un signo del zodíaco tienen una personalidad y un futuro común determinado que depende de su signo.

El que cree en la astrología, consagra su fe en algo inservible que viene a ser sustituto de Dios mismo.

*"Así dijo Jehová: No aprendáis el camino de las naciones, ni de las **señales del cielo** tengáis temor, aunque las naciones las teman"* (Jeremías 10:2)

Existen lamentablemente personas muy atadas que si el horóscopo les dice que tendrán un "buen día", saldrán de su casa con una mente positiva, pero si el horóscopo les dice lo contrario, saldrán deprimidos y a la "defensiva", esperando que suceda lo peor.

La práctica de la *astrología* es muy antigua y la Biblia tiene mucho que decir *en contra* del uso de las estrellas para dirigir los asuntos de la vida. En el libro de Job, el más antiguo de la Biblia, encontramos una referencia a una de las constelaciones astrales, las cuales Dios declara a Job que fueron creadas por El y las llama por nombre:

**Job 9:9** "Él hizo la Osa y el Orión, las Pléyades los más remotos lugares del sur"

**Job 38:31-32** "¿Podrás tú anudarlos lazos de las Pléyades? ¿Desatarás las ligaduras de Orión? ¿Sacarás tú a su tiempo las constelaciones de los cielos, o guiarás **a la Osa Mayor** con sus hijos?".

**Salmos 147:4** "Él cuenta el **número de las estrellas; a todas ellas llama** por sus nombres".

**Amós 5:8** "Buscad al que hace las Pléyades y el Orión, vuelve las tinieblas en mañana y hace oscurecer el día como noche; el que llama a las aguas del mar y las derrama sobre **la faz de la tierra: Jehová es su nombre**".

Aunque el estudio de los cielos, las estrellas y los planetas conocido como la **'astronomía'** no es pecaminoso, la práctica de consultar las lumbreras celestiales para tomar decisiones terrenales, la **'astrología', es clasificada como idolatría**. Cuando Dios le dio la tierra de Canaán a Israel para que moraran en ella. Dios habló a Moisés y le dijo que cuando se le apareció no fue en forma de ninguna cosa creada, ni animal, ni el sol ni la luna, ni las estrellas para que no se inclinara y les adorara:

**Deuteronomio 4:19** "No sea que alzando tus ojos al cielo, y viendo el sol y la luna y las estrellas, y todo el ejército del cielo, seas incitado, y te inclines a ellos, y les sirvas; porque Jehová tu Dios los ha concedido a todos los pueblos debajo de todos los cielos"

Las naciones paganas que practicaban tales cosas influenciaron al pueblo de Israel para que se apartara del camino correcto y se dedicara no solamente a servir a dioses paganos sino también a consultar las constelaciones de estrellas para guiarse por ellas:

**2 Reyes 23:4-5** "Entonces mandó el rey [Josías] al sumo sacerdote Hilcías, y a los sacerdotes de segundo orden, y a los guardianes de la puerta, que sacasen del templo de Jehová todos los vasos que habían sido hechos para Baal, para Asera, y para todo el ejército del cielo; y los quemó fuera de Jerusalén en el campo de Cedrón, e hizo llevar las cenizas de ellos a Betel. 5 Y quitó a los sacerdotes idólatras que habían puesto los reyes de Judá para que quemasen incienso en los lugares altos en las ciudades de Judá, y en los alrededores de Jerusalén; y asimismo a los que quemaban incienso a Baal, al sol y a la luna, *y a los signos del zodíaco, y a todo el ejército de los cielos*".

El ejército de los cielos a veces se refiere a los ángeles pero se refiere a los seres celestiales, los planetas, el sol, la luna y las estrellas:

**Génesis 2:1** "Y fueron acabados los cielos y la tierra, *y todo el ejército de ellos*".

A este 'ejército de los cielos' siguieron los Israelitas en desobediencia a Dios y por su desobediencia fueron echados de la tierra y esparcidos viniendo a ser esclavos en tierras extrañas:

**Jeremías 8:2 "Y los esparcirán al sol y a la luna y a todo el ejército del cielo, a quienes amaron y a quienes sirvieron, y en pos de quienes anduvieron, a quienes consultaron, y a quienes adoraron.** No serán recogidos, ni enterrados; serán como estiércol sobre la faz de la tierra"

El interés de las personas en consultar las estrellas y la posición de los planetas es para saber la suerte que les acarrea en el futuro. Por lo general la gente se preocupa por las cosas que han de suceder y quiere saber de antemano que va a pasar. Este interés por querer conocer el porvenir no debe existir en aquellos que conocen a Dios porque ellos saben que el futuro está en las manos de Dios.

Símbolo usado por los Wicca y representan las tres fases de la luna y la triple diosa, simbólico de las tres fases de mujer: Doncella, madre y anciana. También la diosa luna.

Los Wicca tienen lo que se llama "El Libro de las sombras", es un libro de trabajo con invocaciones, modelos rituales, hechizos, runas, reglas que gobiernan la magia, etc. Algunos libros son legados de un wiccano a otro durante la iniciación, pero en la actualidad también cada wiccano hace su libro propio.

El nombre "libro de las sombras" se sacó de un documento en sánscrito que hablaba de la adivinación por medio de las sombras. La palabra "Sánscrito" se aplica a la lengua que pertenece al grupo de lenguas indoeuropeas de Asia conservada en los textos supuestamente "sagrados "y cultos del brahmanismo o sistema religioso y social de la India. Hay muchos wiccanos que prefieren y usan para su "libro de las sombras" el término GRIMORIO, que ha sido usado por muchísimos magos a través de la historia para referirse a sus libros mágicos, esta costumbre continúa con los magos ceremoniales y brujas de la actualidad.

Este simbolismo Wicca permanece oculto en muchas prendas y símbolos que son elaborados de diferentes formas pero que pertenecen y representan a la sociedad Wicca:

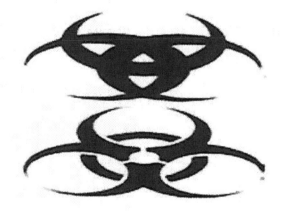

## Capítulo V
### Orígenes de algunas festividades

Quisiera mostrarle a continuación el origen de algunas festividades que son comúnmente celebradas. Hay algunas de ellas que nos dan una gran oportunidad para predicar el evangelio y aprovechar el compartir con nuestras familias y hermanos en la fe como el caso de semana santa y la navidad, aunque en lo secular se ve y se hace todo desde otro punto de vista. Muchos de los cristianos sabemos que el 25 de Diciembre fue una fecha en la cual Jesús no nació, pero no creo en que Dios le llamó a robar fotos de los perfiles de facebook de otras iglesias que predican en navidad, en formar chismes y señalar con el dedo y llamar "apóstatas" a hermanos en la fe que predican de Cristo en esa fecha, mientras usted recibe su bono de navidad por ser navidad y recibe sus días libres por ser navidad más come también comida navideña pero condena las luces que se encienden. Creo que la iglesia tiene que ser sobria, menos hipócrita y menos problemática y en vez de "chismocéntrica" CRISTOCENTRICA y en siempre ver la oportunidad de hacer algo bueno y de beneficio para el Reino.

Los cristianos no adoran ningún "dios pagano" en navidad, por el contrario, mientras para otros la navidad es afanarse en compras y gastos en exceso, el creyente elabora muchas actividades en su iglesia para predicar del nacimiento de Jesús y se ha visto el fruto de almas que se convierte al Señor. Si celebramos su muerte y resurrección, es obvio que lo hacemos porque primero nació, encarnando en forma humana como la forma visible de Dios. Recordemos que nuestro calendario es el gregoriano, no el judío. Si fuera yo a dar peso que todo el cristiano que predica de Cristo en navidad es "pagano", tendría entonces yo que decir que los domingos y cualquier día de la semana se adoran a dioses paganos en los cultos en las iglesias, pues cada nombre de los días de la semana es en honor a un dios pagano; lo cual no tiene lógica pues entonces significara que no pudiéramos nunca adorar a Dios.

Hay que ser un poco más sobrio. Es excelente el ganar conocimiento, pero la sabiduría da el balance para ser sobrio. Si no hay sabiduría, es fácil saber que no hay temor de Jehová. Le recuerdo que originalmente, las cruces se usaban para adorar a dioses paganos, más comúnmente al sol, y la práctica de la crucifixión romana NO comenzó por primera vez con Jesucristo. A nuestro Señor lo crucificaron y en una cruz venció en el terreno del enemigo, y la cruz viene a ser ahora un símbolo muy importante en el cristianismo en el campo espiritual, pues significa también muerte al yo, así como Jesucristo se negó a sí mismo y murió entregándose por todos nosotros. El morir en una cruz no lo volvió "pagano" ni "apóstata". Sería una blasfemia grave si alguien opinara así. Repito: HAY QUE SER SOBRIO y discernir.

### *Santa Claus y la navidad.*

Una de las imágenes más prominentes asociadas con la Navidad en el campo secular es Santa Claus. Cada año, los niños alrededor del mundo esperan por su "llegada" por los regalos que supuestamente trae. En nuestros días, Santa Claus es representado como alguien que ama a los niños y un verdadero dador. Durante la temporada navideña, la gente, aún es animada a unirse a su "ejército de duendes", para que los niños alrededor del mundo puedan ser tocados por su magnanimidad. Santa Claus es tan popular, que hasta algunos adultos les cuentan historias a los niños sobre este personaje. Estas historias son dichas con tanta convicción, que los niños las creen firmemente hasta que alcanzan un poco más de edad.

Muchos artículos y libros se han escrito para explicar que Santa Claus fue un obispo con el nombre de Nicolás, que vivió en Asia Menor, en el siglo IV. Es verdad que tal obispo existió, pero muchas de las cosas que se le atribuyen son falsas.
El segundo concilio Vaticano formalmente estableció que aunque hubo un obispo católico romano llamado Nicolás, ellos reconocieron que muchos conceptos asociados con él, en realidad venían de fuentes paganas. William Walsh escribió:

Santa Claus viene de San Nicolás, el santo cuyo festival era celebrado en Diciembre y el cuál en otros aspectos, estaba más de acuerdo con las oscuras tradiciones de Saturno como héroe de la Saturnalia (La Historia de Santa Klaus, p.70):

En las áreas donde los celtas paganos y cultos germanos permanecieron fuertemente, leyendas del dios Wodan fueron mezcladas con aquéllas de varios llamados "santos cristianos" por parte de la institución romana; San Nicolás fue uno de ellos.

En Holanda y otros países europeos más, la figura de San Nicolás sigue estando en gran estima. Es representado como un hombre viejo, lleno de canas, de barba, alto y digno, vestido como un obispo católico, con un extraño, absolutamente no santo manto y galopa los cielos en un caballo blanco, seguido por su Ayudante Sombrío. Según algunos, al parecer heredó algunas de estas costumbres del dios pagano Wodan, que también es un hombre viejo, lleno de canas, barbado, alto y digno, vistiendo un gorro y un manto, que tiene ayudantes, que galopa un caballo blanco, y acarrea con él, el mismo esclavo sombrío que le ayuda y que está encadenado.

En Holanda, "Sinterklaas" les daba regalos a los niños que se habían portado bien, mientras que "Zwarte Pier" tenía una vara y castigaba con ella a los niños que se habían portado mal. El Ayudante Sombrío de San Nicolás, era un hombrecito con cuernos, de apariencia siniestra que esgrimía una escoba. La Enciclopedia Mundial, provee algunos puntos de vista interesantes, de algunas de las tradiciones concernientes a Santa Claus.

Algunas de las características de Santa Claus, vienen de muchos siglos atrás. Por ejemplo, la creencia que Santa entra a la casa a través de la chimenea, se adoptó de una vieja leyenda nórdica. Los nórdicos creían que la diosa Jerta aparecía en las chimeneas, y traía buena suerte a los hogares.

Otras tradiciones de los tiempos de los druidas, sugieren que el traje rojo de Santa es un residuo de los tiempos cuando la gente antigua adoraba al dios del fuego.
Esta tradición dice que el dios fuego descendía por la chimenea. Consideremos también, que en los tiempos antiguos, los moradores de las casas druidas dejaban un "trato o regalo" que consistía en leche y pastelillos, para apaciguar a este dios que bajaba por la chimenea. Así es como la tradición de dejar leche y galletas para Santa empezó.

## *Jesús No Nació en el Invierno*

Las Escrituras revelan que al nacimiento de Jesús, los pastores estaban "en el campo, cuidando sus rebaños durante las vigilias de la noche." (Lucas 2:8) Esto nunca hubiera ocurrido en Judea durante el invierno. Durante ese tiempo, los pastores bajaban de la montaña sus rebaños y los llevaban de los campos a los corrales alrededor de Octubre 15. Esto era hecho para proteger a las ovejas del clima frío húmedo, durante esta época del año. Era la costumbre de los pastores, sacar a las ovejas de los corrales en la primavera, alrededor del Pesach o Pascua y volverlas a meter al principio de las primeras lluvias

Durante el tiempo de Navidad, Belén está en lo más crítico de la congelación, y en la tierra prometida, ningún tipo de ganado pudiera estar en los campos bajo esa temperatura. Este hecho es mencionado en el Talmud judío, que en esa región, los rebaños eran sacados a que pastaran en Marzo y devueltos al corral al principio de Noviembre. (ps. 331 – 332)

Notemos que aún el Talmud indica que Jesús no pudo haber nacido en ningún momento de Diciembre 25.

### ¿Cuándo Nació Jesús?

La Biblia tiene fuertes indicios para demostrar que Jesús posiblemente naciera en otoño. Las Escrituras proveen un punto de partida y señales que nos pueden ayudar a determinar cuándo Jesús fue concebido, así como el tiempo general de Su nacimiento. El evangelio de Lucas (Lucas 1:5-17), mencionan un acontecimiento en el cuál, el Arcángel Gabriel visitó a un sacerdote llamado Zacarías, y le informó que su esposa Elizabeth daría a luz un hijo (Juan el bautista). Gabriel dio la noticia, mientras que Zacarías estaba sirviendo en el templo. Lucas indica que Zacarías realizó su servicio durante el "curso de Abías" De acuerdo a Primera de Crónicas, Abías sirvió durante la "octava suerte" (1 Crónicas 24:10) El gran historiador Josefo, escribió que cada suerte o curso duraba una semana y se rotaban los sacerdotes, para que de esa manera cada uno pudiera servir dos veces al año. En este caso, Zacarías pudo haber servido desde Iyar 27, hasta Sivan 5. Este periodo pudiera coincidir con finales de Mayo o principios de Junio. El evangelio de Lucas, continúa y establece que Zacarías regresó a casa inmediatamente después de sus días de servicio (Lucas 1:23) Poco después de su regreso, su esposa Elizabeth concibió. Esto quiere decir que la concepción, pudo llevarse a cabo durante Junio o Julio por muy tarde.

El nacimiento de Juan el bautista, pudiera por lo tanto, tomar lugar en la primavera (Marzo – Abril), probablemente durante los días de Panes sin Levadura. Pero, ¿Qué tiene todo esto que ver con el nacimiento de Cristo? El evangelio de Lucas, también indica, que Gabriel, también le habló a María y le informó que ella daría nacimiento al Mesías (Lucas 1:26-36) Cuando María preguntó cómo podría saber que esto era verdad, Gabriel le explicó que su prima Elizabeth estaba en su sexto mes de embarazo.

*"Y he aquí, tu parienta Elizabeth en su vejez también ha concebido un hijo; y este es el sexto mes para ella, la que llamaban estéril" (Lucas 1: 36)*

María dejó su casa y fue a buscar a su prima Elizabeth. Cuando ella llegó, Elizabeth confirmó que Cristo había ya sido concebido en el vientre de María (Lucas 1:39-42) El tiempo de esta visita fue durante el invierno, probablemente Diciembre o Enero. Siendo así, Jesús tendría que nacer nueve meses después –en otras palabras, si sacamos entonces cuenta, vendría a ser entonces ya durante el otoño.

Es interesante notar que la tradición judía, cree que el mundo fue creado en el primer día del año civil, esto es, La Fiesta de Trompetas, la cual ocurre a mediados de Septiembre o a principios de Octubre. Aunque la Biblia no identifica el día exacto del nacimiento de Jesús, algunas autoridades han sugerido que Él, también, nació en este día –la Fiesta de Trompetas. Claramente, sin embargo, Jesús no nació en o cerca de Diciembre 25, y cualquier representación a lo contrario es completamente falsa.

### ¿Por qué Diciembre 25?

En la actualidad, la mayor parte del mundo celebra Navidad el veinticinco de Diciembre. Aunque, la fecha real del nacimiento de Cristo, no puede ser determinada con absoluta certeza. Sin embargo, existe una fuerte evidencia bíblica que sugiere que Jesús nació en el otoño. Por lo que respecta a la celebración del 25 de Diciembre, también traza sus raíces directamente del mundo pagano. Werner Keller escribe en "La Biblia como Historia":

El 25 de Diciembre está mencionado en documentos como el día de la Navidad y se celebró por primera vez en el año 324 d. C. Esta festividad fue reconocida oficialmente bajo el gobierno del emperador romano Justiniano (en los años 500's). Una antigua festividad romana jugó un papel importante en la elección de este día en particular. Diciembre 25 en la antigua Roma, era el 'Dies Natali Invictus', 'el nacimiento del inconquistable', el día del solsticio de invierno y al mismo tiempo, en Roma, el último día de la saturnalia, la cual había degenerado desde hace mucho tiempo en una semana de un carnaval desenfrenado... (p. 331)

La Enciclopedia Británica añade algunos detalles sobresalientes con respecto a la celebración de Navidad en Diciembre 25. No solamente este día coincidía con la celebración romana de saturnalia, sino también con otras deidades paganas que están directamente ligadas a esta fecha.

En el mundo romano, la saturnalia era un tiempo de alegría y de intercambio de regalos El 25 de Diciembre, también estaba considerado como el nacimiento del dios del misterio iraní, Mitra, el sol de justicia. Durante el año nuevo romano, las casas eran decoradas con plantas verdes y luces y regalos eran dados a los niños. A estas costumbres, fueron añadidos los ritos alemanes y celtas de la Navidad... comida y diversión, el emblema de Navidad y los pasteles de Navidad, plantas verdes y el árbol, regalos y buenos deseos, todos conmemoraban diferentes aspectos de la temporada festiva. Fuegos y luces, símbolos de acogimiento y larga vida siempre han estado asociados con el festival de invierno, ambos, paganos y cristianos. (Vol. II, 1973)

Es muy claro, de acuerdo a los archivos históricos, que la Navidad se originó durante tiempos pre-cristianos y era celebrada por el mundo pagano y se empezó a celebrar en el cristianismo, siglos después de la muerte de Cristo, pero obvio, que para los creyentes es algo distinto pues la navidad se enfoca en Jesús y anunciar al mundo el nacimiento de un Salvador.

### *La Torre de Babel*

Virtualmente, todas las prácticas paganas tienen sus raíces en la ciudad de Babilonia, durante el tiempo de Nimrod. Habíamos hablado un poco de Nimrod, nieto de Cam, el hijo de Noé (Génesis 10:6-8) Él fue el fundador de Babilonia (v.10)
Nimrod formó ciudades en lugar de esparcirse y multiplicarse en la tierra como Dios le había mandado a Noé que hiciera.

Una de las cosas que hizo Nimrod, fue la construcción de la torre de Babel. Algunos creen que él hizo esto para proteger a la gente de otro potencial diluvio de Dios. Las Escrituras revelan que Nimrod fue un "poderoso cazador ante Dios" (Génesis 10:9) La palabra "ante" es mejor traducida "en contra" y es claro que fue el primer dictador post-diluviano. El nombre "Nimrod" es traducido de la palabra hebrea "marad" y literalmente significa "el que se rebeló". Tradiciones antiguas que hablan de este líder apóstata, muestran que él se rebeló en contra de Dios, y al hacer esto, creó una apostasía mundial.

De acuerdo a la tradición, Nimrod se casó con su propia madre, Semiramis. Luego, después de su muerte, Semiramis empezó a enseñar que su hijo había reencarnado en la forma de un frondoso árbol verde, el cual, supuestamente surgió de un pedazo de tronco muerto. En cada aniversario del nacimiento de Nimrod, el

25 de Diciembre, Semiramis visitaba el árbol frondoso, y afirmaba que supuestamente entonces Nimrod ahora le dejaba a ella regalos allí. A través de sus políticas y del uso del nombre de su hijo, Semiramis llegó a ser la reina de Babilonia, el hogar de los Misterios Caldeos. A ella también se le llamaba como "la reina del cielo" y "la madre del divino hijo". Después de generaciones de estas prácticas idólatras y tradiciones, Nimrod llegó a ser considerado como el hijo de Baal, el dios sol.

Él y su madre llegaron a ser las principales entidades de adoración como la Madonna e hijo. Esta creencia y práctica se propagó hacia Egipto, donde los nombres de los dioses fueron Isis y Horus. El hijo Horus nació el 25 de Diciembre. En Asia fue Cibeles y Dionisio. En Roma fueron llamados Fortuna y Júpiter.

A través del mundo y de las diferentes culturas, seguimos encontrando hasta nuestros días remanentes de la adoración que a la madre y el hijo. Es bastante claro que una amplia gama de prácticas paganas, han sido asimiladas en la iglesia romana tradicional. La práctica de adoración al sol empezó en el antiguo Egipto. Los sacerdotes solían hacer una hostia redonda para representar al sol.

Los celebrantes comían la hostia, que simbolizaba la vida del dios sol y la alimentación del alma humana.

Mucho antes del siglo IV, y mucho antes de la misma era cristiana, una festividad era celebrada entre los paganos, en ese preciso tiempo del año, en honor al nacimiento del hijo de la reina babilónica del cielo; y puede ser asumido firmemente que, para reconciliar lo pagano, y para incrementar el número de creyentes nominales al cristianismo, el mismo festival fue adoptado por la iglesia romana, dándole solamente el nombre de Cristo. Esta tendencia de encontrar al paganismo a la mitad del camino, se desarrolló desde muy tempranas fechas... (p. 93)

### *La Navidad A través de la Historia*

Durante la última parte del siglo III, Deus Sol Invictus, llegó a ser la deidad oficial del Imperio Romano. Durante ese tiempo, un gran templo fue construido en honor al sol y el nacimiento del sol fue oficialmente establecido el 25 de Diciembre. Esta fecha fue escogida porque, era el día aceptado del solsticio de invierno.
Menos de 100 años después, el emperador Constantino llegó al poder en Roma. Al

principio del gobierno de Constantino, era una violación a la ley romana practicar el cristianismo. Los cristianos eran odiados por el estado, y eran sujetos a gran persecución la cual incluía tortura y aún los quemaban en un madero. Sin embargo, Constantino vio algo en el cristianismo, él creyó que sería de mucho valor el mantener al imperio unido. A pesar de la gran persecución, los cristianos permanecían dedicados a su fe. Este compromiso impresionó tanto a Constantino que dio "El Edicto de Tolerancia" en el año 313 d. C., e hizo al cristianismo la religión oficial del Imperio Romano. Como resultado, la persecución del estado hacia los cristianos paró. Sin embargo, las noticias no fueron todas buenas. Ya que el cristianismo llegó a ser la religión del estado, la iglesia se politizó, y las doctrinas adoptadas por la iglesia, fueron diluidas y seriamente comprometidas. Jesse Hurlbut, describe este periodo en su libro, <u>La Historia de la Iglesia Cristiana</u>.

... El establecimiento del cristianismo como la religión de estado llegó a ser una maldición... Todo el mundo buscaba su membrecía en la iglesia, y casi todos fueron aceptados ya sea buenos o malos, personas sinceras que buscaban a Dios, o personas hipócritas que buscaban ganancia, todos fueron aceptados prontamente a la comunión. Hombres ambiciosos, mundanos, sin escrúpulos, buscaban un puesto en la iglesia para ejercer influencia social y política...

El servicio de adoración se incrementó en esplendor, pero era menos espiritual y menos dedicado que aquéllos servicios anteriores a esto. Algunas de las antiguas fiestas paganas llegaron a ser festivales de la iglesia, sólo con el cambio de nombre y adoración.

La Saturnalia pagana, así como la Brumalia estaban tan profundamente cimentadas en la costumbre popular para ser separadas de la influencia cristiana...

### *La semana Santa*

Según la concepción cristiana, durante la Semana Santa se evoca la pasión, muerte y resurrección de Cristo. Este último acontecimiento, es conocido como la Pascua de Resurrección.

El origen de la Pascua se remonta al año 1513 a. C., cuando el pueblo judío emprendió su éxodo desde Egipto a la Tierra Prometida, acontecimiento que se celebraba cada año por tratarse de la liberación del pueblo hebreo. La tradición señala que el festejo comprendía el sacrificio de un cordero. Posteriormente y durante siete días, el pueblo hebreo comía pan sin levadura, al que llamaban pan "ázimo".

Del mismo modo, para los cristianos la Pascua es la fiesta que conmemora la resurrección de Cristo, luego de haber entregado su vida en la cruz por los pecados del mundo. Es el cordero de Dios que se ofrece en sacrificio para limpiar a los hombres del pecado.

Con el tiempo, los primeros cristianos celebraban la Pascua del Señor al mismo tiempo que los judíos, la noche de la primera luna llena, el primer mes de primavera. Sólo hasta finales del siglo IV, la celebración de la Pascua en Jerusalén se trasladó al domingo posterior a la festividad judía, celebrándose por separado el Viernes Santo y la Pascua.

Relacionado a lo secular, muchos son los posibles orígenes del conocido intercambio de huevos de chocolate el día de Pascua. Algunas historias se remontan a la Edad Media, cuando la Semana Santa era tiempo de pagar los censos, y este pago se hacía el domingo de Pascua y con huevos.

También existen registros de los siglos XVII y XVIII en las que el día de Pascua en Francia se le ofrecía al monarca cestas cargadas de huevos decorados artísticamente, como símbolo del nacimiento de una nueva vida que representaba "la resurrección de Cristo".

Por efectos de la publicidad o por moda, la idea de esperar cada **Domingo de Resurreción** buscando los huevos de chocolates, es una costumbre de muchos niños hoy día. Según la concepción cristiana, durante la Semana Santa se evoca la pasión, muerte y resurrección de Cristo. Este último acontecimiento, es conocido como la Pascua de Resurrección, pero hay personas que mezclan otra tradición en la que los historiadores también mencionan como origen del "**Easter**" la fiesta primaveral en honor a la diosa teutónica de la luz conocida como "Easter", representada con un huevo en la mano y un conejo a su lado, en señal de fertilidad.

Antes de que los huevos pudieran asociarse a la semana santa, eran honrados en muchos ritos de festivales primaverales. Tanto los romanos como los galos, egipcios, chinos y persas, adoraban a los huevos como un símbolo universal. Desde la antigüedad se pintaban y eran reverenciados.

En los tiempos paganos, representaban el "renacimiento" de la tierra, ya que según ellos, luego de pasar el invierno, la tierra "renacía" milagrosamente como un huevo "lleno de vida". Los huevos se enterraban como amuleto sobre los cimientos de las edificaciones para "proteger del mal". Por igual, era costumbre de las mujeres jóvenes romanas, que estaban en cinta, cargar con huevo para "fortalecer el sexo de sus bebés por nacer"

## *El Halloween*

***TODO CREYENTE DEBE DE EVITAR TENER ALGO QUE VER CON ESTA FECHA.*** Es un terrible y lamentable hecho que muchos creyentes celebran esto, unos sin conocer su verdadero origen y otros peor, aun conociendo lo celebran sin celo alguno por lo espiritual. En esta fecha es en donde más niños y/o animales y mascotas desaparecen porque los mismos satanistas los secuestran para hacer sacrificios, pues esta fecha es muy importante para celebración de los satanistas y la realización de misas negras y rituales. Es imposible separar al Halloween de los druidas. Por medio de la historia, conocemos que los celtas habitaron en lo que hoy en día se conoce como Francia, Escocia, Irlanda, Alemania e Inglaterra. Los sacerdotes celtas eran los llamados druidas, los cuales más tarde fueron derrotados y también conquistados por los romanos.

Lo que se conoce de los druidas hoy, es por medio de documentos romanos, griegos e irlandeses, los cuales concuerdan en su información, ya que el conocimiento de los druidas nunca se puso por escrito, sino que fue transmitido de boca en boca y de generación en generación entre ellos mismos, pues a través de los años, mantuvieron ocultas sus tradiciones. Sin embargo, Davies, un escritor del siglo XVI, que estudió su linaje familiar, descubrió que era de descendencia de sacerdotes druidas que pelearon contra el César. Él pudo describir claramente los sacrificios humanos que realizaban sus ancestros y los sacrificios secretos que aún se llevaban a cabo por los druidas de su tiempo, lo cual recibió muchas críticas de su familia por haber escrito la información.

En cuanto a los escritos romanos y griegos, estos datan de 200 años a.C. y ellos escribieron de manera extensa los sacrificios humanos barbáricos que los sacerdotes druidas hacían. En cuanto a los escritos irlandeses, éstos especifican poco sobre los sacrificios y hablan con más detalle sobre la magia de la cual ellos se valían para causar tormentas, maldecir lugares, crear obstáculos mágicos y matar por medio de hechizos.

Fue entonces para el año 47 d.C. cuando Roma finalmente derrotó a los druidas y se prohibieron los sacrificios humanos. Los pocos sacerdotes druidas que quedaron se ocultaron. Para la fecha en la cual se celebra Halloween, que es el 31 de Octubre, eran cuando estos sacerdotes druidas festejaban estos sacrificios humanos con el propósito de honrar a Samhain, dios celta de la muerte. Según sus creencias, las almas pecadoras de los que habían muerto durante el año, se encontraban en un lugar de tormento y serían liberadas solamente si complacían a

Samhain con sus crueles sacrificios. Los registros de los irlandeses hablan de la fascinación de algunos mojes católicos por los druidas, a los cuales hicieron miembros de sus monasterios.

Fue el Papa Gregorio el Grande, quién decidió incorporar el feriado de los druidas a la iglesia católica. Luego el Papa Gregorio III trasladó la fiesta del 31 de Octubre al 1 de noviembre y la llamó "el día de todos los santos". El Papa Gregorio IV decretó la observancia de ese día. Halloween es un nombre que deriva de "All Hallow Eve", que significa "víspera de todos los santos".

Los fundadores de Estados Unidos de América, que eran puritanos, creyentes en el Señor, no permitieron que se celebrara ese día porque conocían su terrible origen pagano. Fue alrededor del año 1900 cuando Halloween llegó a celebrarse de una manera más general en los Estados Unidos, pues en la década de 1840, una terrible escasez de papas en Irlanda causó la llegada de miles de irlandeses católicos, los cuales trajeron esta práctica. La costumbre de ir puerta por puerta con disfraces y pidiendo dulces, viene de la creencia druida que decía que mientras las almas perdidas y pecadoras esperaban su juicio, Samhain las libertaba en la tierra por una noche, que era el 31 de Octubre, y se creía que esas almas llegaban juntas a las casas de las personas, quienes esperaban con un banquete sobre la mesa. La gente le tenía terror a estos espíritus, ya que creían que podían herirlos o matarlos si los sacrificios que ofrecían no apaciguaban a Samhain. De esta forma, para mantener a los espíritus alejados de sus casas, la gente tallaba caras demoníacas de calabazas y nabos grandes y colocaban velas adentro. La tradición de recoger manzanas con la boca y regalar nueces fue una adición romana a la víspera del año nuevo de los druidas, ya que los romanos adoraban a Pomona, que era la diosa de la cosecha, por lo tanto, combinaron la festividad del Halloween con su festival de la cosecha en honor a su diosa Pomona.

### *El origen del carnaval*

La celebración del **Carnaval** tiene su origen en fiestas paganas, como las que se realizaban en honor a Baco, el Dios del vino, las saturnales y las lupercales romanas, o las que se realizaban en honor del buey Apis en Egipto.

Según algunos historiadores, los orígenes de las fiestas del **Carnaval** se remontan a las antiguas Sumeria y Egipto, hace más de 5,000 años, con celebraciones similares en la época del Imperio Romano, desde donde se difundió la costumbre por Europa, siendo traído a América por los navegantes españoles y portugueses que colonizaron a partir del siglo XV.

Se supone que el término carnaval proviene del latín medieval "carnelevarium", que significaba "quitar la carne" y que se refería a la prohibición religiosa de consumo de carne durante los cuarenta días que dura la cuaresma.

Al principio de la edad Media, la iglesia católica propuso una significación de carnaval: El latín vulgar carne-levare, que significa "abandonar la carne" (lo cual justamente es obligatorio todos los viernes de cuaresma)

Carna, es la diosa celta de las habas y el tocino, puede haber también conexión con fiestas indoeuropeas dedicadas al dios pagano Karna.

El carnaval se ha convertido en la actualidad en una fiesta de celebración pública en muchos países que combina algunos elementos como disfraces y desfiles y fiestas en la calle. Se le asocia al "Rey Momo", que se presentaba como un personaje estrafalario, coronado con un ridículo gorro adornado de cascabeles y con una mueca constante de carcajear, una máscara que le cubría la mitad del rostro, y también en su mano sostenía un muñeco, símbolo de la locura Báquica, de baco "dios del vino".

Este festival se hacía en honor a tres dioses; Eros = sexo; Pan = música y Baco = licor. Esta festividad está mezclada con otras costumbres y otros dioses: Las religiones africanas, las nativas americanas, las greco-romanas, las europeas, y las suramericanas, los sacrificios humanos y tantas otras cosas que omitimos en esta breve información.

Ahora reflexiones por un momento; fiestas y parrandas, bailes obscenos, cuerpos al descubierto, insinuaciones a relaciones sexuales, violencia, alcohol, drogas, desenfreno: ¿Es acaso esto una fiesta propicia para que un cristiano debería celebrar? ¡Claro que no!

# CAPÍTULO VI

## *Engaños del Enemigo y cumplimiento profético*

### *La Nueva Era*

El dios de esta falsa religión es un dios impersonal, ya que no es más que "la energía interior" de la persona. Ellos establecen que sólo nuestro ego es capaz de hacer frente a la paradoja de los tiempos modernos, en los que la ciencia y la tecnología no han resuelto los problemas fundamentales del hombre. La Nueva Era tiene la intención de tratar de conciliar lo que es contradictorio: El Dios personal, Todopoderoso (el cristianismo) y el dios "energía", que se confunde con la materia, que viene de panteísmo, que es la doctrina que identifica el universo con Dios, pero cuya reflexión debe comenzar con una comprensión de la realidad divina y luego especular sobre la relación entre lo divino y lo no divino.

Esta religión está hecha para satisfacer al consumidor, ya que es una mezcla de elementos religiosos, los cuales son de atractivo al ser humano para tratar de satisfacer la necesidad espiritual, que sabemos que sólo Dios puede cumplir, todo con el propósito de sentirse bien sin tener la necesidad de reconocer la soberanía de Dios para estar sometidos a Su perfecta voluntad, que nos implica negar y dejar morir la vieja criatura, para que nazca la nueva criatura espiritual. Esta religión es más emocional que doctrinal. Es algo basado en un desorden sin ningún tipo de sujeción o de la lógica divina.

Hay anuncios de libros de la Nueva Era que ofrecen el "correcto" manejo de los conocimientos ancestrales como el yoga, Feng Shui, y que la meditación permitirá controlar y equilibrar las energías y desarrollar todo el potencial latente.

El diablo sabe que para crear una mentira que convenza y confunda, tiene que haber mezclado algo de verdad. Por esto la Biblia condena la tibieza espiritual. Observe que la Nueva Era habla de un Dios que nos entiende y nos acepta como somos, lo que corresponde a un atributo de nuestro Dios verdadero, pero a diferencia de que el dios de ellos no requiere ni exige conversión, no se compromete con nosotros ni tampoco esperar ningún compromiso de nuestra parte. Esto es algo grave, además de que el hombre se pone en el lugar de Dios, pues establecen que la autorrealización del hombre y su "cristificación", será alcanzada sin la intermediación de ninguna supuesta organización religiosa. Esto significa que el creyente de esta mentira se "cristifica" a sí mismo, ya que no necesita a Jesucristo. Dicho esto, podemos ver que Cristo no es para ellos el Salvador del mundo, que dio su vida para redimir nuestros pecados en la cruz. En la Nueva Era, Jesús se reduce a un maestro obsoleto de una vieja religión "superada", por lo cual ellos creen haber "superado a Cristo".

Ellos se creen capaces en su propia comprensión de la "auto-realización espiritual" y de entrar en la cultura "holística", que es una mezcla de diferentes religiones, lo cual es la antigua arrogancia que marcó el gnosticismo. La Nueva Era no poseer ningún tipo de jerarquía, no tiene ninguna dirección o cualquier tipo de orden estructural, ni posee ningún dogma, lo cual nos dice que no posee ninguna verdad fundamental o cualquier estilo de vida constructiva. Por esta razón es tan atractivo para el hombre moderno, ya que representa el nacimiento de una nueva conciencia, un tipo de "apertura mental de la tolerancia", la fraternidad, la reconciliación y una nueva manera de ver y vivir la vida. Cuando el Anticristo está gobernando, habrá una religión universal. Precisamente, la nueva era intenta unificar todas las religiones, haciendo una síntesis y la escogiendo de cada una de ellas lo que mejor les convenga. Esta postura, que ha cobrado tanto auge en nuestro mundo moderno, no es algo nuevo, está muy establecida en nuestro tiempo presente, pero desde hace mucho tiempo habían existido ideas similares que siempre quisieron suplantar a Jesús. Cuando hablamos de la Nueva Era, hablamos de un desastre sin fundamento, en el que el hombre mismo establece sus propias verdades, y por sus propios medios para "auto-realizarse". Se puede en este caso mencionar lo que ya se ha dicho del marxismo: "Todo el bien que tiene no es bueno, y todo lo nuevo que tiene no es bueno

*"¡Ay de los que a lo malo dicen bueno, y a lo bueno malo; que hacen de la luz tinieblas, y de las tinieblas luz; que ponen lo amargo por dulce, y lo dulce por amargo! ¡Ay de los sabios en sus propios ojos, y de los que son prudentes delante de sí mismos!" (Isaías 5: 20-21)*

## *El G12*

A diferencia de la Nueva Era, o cualquier secta, G-12 es más peligroso, ya que es un movimiento que se encuentra dentro de algunas iglesias denominacionales y o establece excepciones, es decir, puede estar dentro de los Pentecostales, Asambleas de Dios, carismáticos, Discípulos de Cristo, Junta de Misiones, etc. Algunas iglesias han aceptado el método G-12 como una estrategia moderna para el crecimiento más rápido y más "eficiente" de la congregación. El fundamento de este movimiento se estructura primeramente en dos eventos que se organizan: Reunión del mismo sexo y edad; y los famosos "encuentros". Estos se llevan a cabo una vez al mes con nuevas personas y que han abrazado esta visión desde hace bastante tiempo. Afirman que el creyente cristiano sólo puede ser liberado de las luchas internas por asistir a estas reuniones. Esto es un error, ya que se basa en algo que va por las obras y no por fe. Según ellos, la salvación se logra a través de: el arrepentimiento, sanación interior y rompiendo maldiciones. Pero cuando usted se arrepiente tiene que especificar: el tiempo, el lugar y la fecha, y los individuos que, sobre qué y con quien pecó. Si analizamos esto, es algo que va de acuerdo con la limitación de la mente humana; pero no va de acuerdo a la capacidad infinita de Dios para perdonar. La salvación viene por su gracia cuando hay verdadero y genuino arrepentimiento de la persona y renuncia al pecado. Esto implica un cambio de pensamiento que a su vez conduce a un cambio de acción. En otros aspectos, dentro de sus enseñanzas básicas, el éxito es una filosofía de la fundamento; establecen una "escalera del éxito", que se basa en cuatro conceptos: Enviar, discipular, consolidar y ganar. Tan pronto como el recién convertido acepta la nueva visión, se le comienza a discipular y se le prepara para salir a ganar a otros para esta nueva visión.

La función de los "pre-encuentros" es preparar a las personas para llegar y participar de los "encuentros" con una mente "libre" sin prejuicios ni vínculos o "ataduras" a conceptos "viejos". Es un fin de semana lejos y aislado de la comunidad, la familia e iglesia del individuo, lo cual es prácticamente lo mismo que los retiros espirituales de los jesuitas del Opus Dei.

También se pretende, que el recién convertido se desarrolle en un tiempo muy corto, que es de aproximadamente tres meses. El recién convertido ni siquiera ha leído el Pentateuco, pero ya se sabe todos los conceptos G-12 y por eso esta supuesto a ya estar preparado para ser un "líder" de otras doce personas. Esto significa que la misma Palabra de Dios entonces vendría a tener menos importancia.

Este modelo, basado exclusivamente en el número 12, es sólo una interpretación personal. Como simbolismo bíblico, el número siete sobresale mucho más.

El número 12 significa la perfección del gobierno. Muchos teólogos afirman que Jesucristo podría haber elegido ese número entre los que serían sus apóstoles, ya que prefigura el gobierno perfecto que será establecido por Él en Su segunda venida, ya que sólo Dios será capaz de llevar a cabo el gobierno perfecto en Su segunda venida y establecimiento de su gobierno Universal en la tierra por mil años. Doce (12) es el producto de tres (3), que es el número de la perfección divina y celestial, y también del número cuatro (4), el terrenal, el número que se deriva de todo el material y lo orgánico. De esta manera conoce teológicamente que es el Gobierno Trinidad (3) sobre la tierra (4). Si entonces el número 12 es característico de los apóstoles, por lo cual el G-12 es impulsado, entonces, la pregunta es ¿quién es Jesucristo? ¿Ellos?

*Las promesas son buenas. Y si, vienen de Dios. Pero reemplazar el sacrificio expiatorio de Cristo, el mensaje del infierno y la condenación, y la culpabilidad del hombre por el pecado por lo que Dios me puede dar es una herejía.*

*De hecho este mensaje no es cristianismo puesto que se deja de predicar las realidades básicas de la biblia y se predica de un Cristo que como que aguanta para todo, pero que en si no viene como que a ser en ninguna forma real.*
**Hablan mucho sobre el no juzgar pero de forma bien descontextualizada.** *Obvio, para tapar cualquier incongruencia con la Biblia y con la vida cristiana que debemos llevar. Sacan de contexto 1Crónicas 16:22, Salmos 105:15 y 1Samuel 24:6.*
**Dicen que Jesús es solo amor.** *O sea, no somos victimarios sino víctimas, Jesús se limita solo a sanar tus heridas, abrazarte como padre, tener un mundo maravilloso para ti donde todos tus sueños, anhelos y propósitos se harán realidad. Un estado donde si pecas te liberan y que si tienes baja autoestima por tus fracasos, te sacan el campeón que llevas por dentro para que triunfes y tengas éxito en la vida. ¿Por qué? Porque Jesús te ama.*

***"Hijitos, ya es el último tiempo; y según vosotros oísteis que el anticristo viene, así ahora han surgido muchos anticristos; por esto conocemos que es el último tiempo. Salieron de nosotros, pero no eran de nosotros; porque si hubiesen sido de nosotros, habrían permanecido con nosotros; pero salieron para que se manifestase que no todos son de nosotros" (1Juan 2:18,19)***

## Adoración a los Ángeles

Cada ángel, como un ser creado, no es digno de ser adorado. El único que debe ser adorado, honrado y alabado es Dios. Hoy en día existe una falsedad muy popular de "comunicarnos con nuestro ángel". El enemigo por todos los medios busca robar lo que es nuestro propósito con Dios Padre: servirle, obedecerle, adorarle, y obviamente el tener comunicación con Él por medio de Jesucristo, el único mediador y a quién realmente debemos de pretender (1 Timoteo 2: 5), no a un cierto ángel, ya sea querubín o serafín, o un arcángel o de cualquier otra jerarquía angelical, ya que Cristo, como Hijo de Dios, es superior a los ángeles. En el antiguo pacto vemos que Jesús era reconocido como "el ángel de Jehová", pero no significaba que fuera ningún ángel o arcángel. La Biblia es clara:

*"En estos postreros días nos ha hablado por el Hijo, a quien constituyó heredero de todo, y por quien asimismo hizo el universo; el cual, siendo el resplandor de su gloria, y la imagen misma de su sustancia, y quien sustenta todas las cosas con la palabra de su poder, habiendo efectuado la purificación de nuestros pecados por medio de sí mismo, se sentó a la diestra de la Majestad en las alturas, hecho tanto superior a los ángeles, cuanto heredó más excelente nombre que ellos" (Hebreos 1:2-4)*

Es un hecho muy lamentable que incluso dentro de las iglesias, a pesar de todas las enseñanzas bíblicas, hay creyentes que dan más importancia a los ángeles que a Dios mismo. Esto se puede expresar de dos maneras: consciente o inconscientemente. Los ángeles tienen ciertos atributos. En primer lugar, como ya hemos dicho, que fueron creados por Dios, como nosotros (Salmos 33: 6).

Debido a esto, no podemos adorarlos a ellos y tenerlos en cuenta más que el que los creó, que es Dios. Los ángeles también son espíritus ministradores a favor de nosotros que aceptamos a Cristo (Hebreos 1:14), y son también puestos por Dios como nuestros consiervos (Apocalipsis 22: 9)
Aparte de todo su poder, y de ser nosotros poco menores que ellos, los ángeles no deben ser venerados o adorados ya que no son dioses, y no actúan o hacen nada hasta que Dios les ordene (Salmos 8: 5), además de que no dejan de glorificar el nombre de Dios, por el cual el día y noche proclaman:

*"Santo, santo, santo, es el Señor de los ejércitos: toda la tierra está llena de su gloria" (Isaías 6: 3)*

Si ellos mismos reconocen la soberanía de Dios, y están puestos por Dios a nuestro favor, ¿cómo es posible que los adoremos? Muchos tergiversan las prerrogativas del Ángel de Jehová en el Antiguo Testamento, ya que este ángel podía bendecir (Génesis 48:16), era como si Dios mismo estaba hablando (Génesis 22:12), y sólo este ángel podría recibir culto y hacer por lo que en el nombre del Señor (Josué 5: 13-15). Pero como ya mencionamos, la Biblia es clara, y es que esta era una de las representaciones de nuestro Señor Jesucristo aquí en la tierra antes de su encarnación como humano, con lo que muchos teólogos también están de acuerdo.

Como ejemplo, podemos ver parte de la historia de Jacob. Un ángel le dio el nombre de Israel, que significa "el que lucha con Dios o Dios lucha", "Porque él luchó con Dios y con los hombres y venció" (Génesis 32:28), por la bendición que batalló en tener, no dejando ir al ángel hasta que lo bendijo, lo que el ángel le descoyuntó el encaje de su muslo con sólo tocarlo. Jacob llamó a este lugar "Peniel", que significa "el rostro de Dios", "por haber visto a Dios cara a cara" (Génesis 32:20). Este ángel era Jesucristo, la forma visible de Dios.

En esta época moderna, más que nunca, tenemos que tener mucho cuidado con "apariciones" de ciertos "ángeles". Tenga en cuenta que ellos son parte de la historia de muchas sectas, como el mormonismo y el Islam y el asunto aquí es que el maligno se puede transfigurar a un "ángel de luz", de los cuales el apóstol Pablo nos advierte (2 Corintios 11:14).

Esto no quiere decir que todas las apariciones de los ángeles van a ser falsas o solo serán demonios engañando; sino que como la Biblia dice, probemos si los espíritus son o no de Dios (1Juan 4:1)

***"Más si aún nosotros, o un ángel del cielo, os anunciare otro evangelio diferente del que os hemos anunciado, sea anatema." (Gálatas 1: 8).***

### *Los signos de los horóscopos (Astrología)*

La astrología proviene de dos vocablos griegos: astro y logía; lo cual, según creen sus partidarios, es el estudio de la influencia de los astros en el destino y el comportamiento de los hombres. Se le conoce también como "uranoscopía". Es una práctica muy antigua. Nimrod y Semiramis lo practicaron en Babilonia. Cuando Europa todavía se encontraba deshabitada e inculta, los sumerios y caldeos ya se hallaban buscando la respuesta de sus anhelos en los cielos. Usted puede leer en la Biblia y notar los astrólogos de la corte de Nabucodonosor (Daniel 2:2). Los astrólogos sostienen que la posición de los astros en el momento exacto del nacimiento de una persona, y sus movimientos posteriores, reflejan el carácter de esa persona y su destino. Realizan además, cartas astrales llamadas también horóscopos que sitúan la posición de los astros en un momento dado, como el nacimiento de una persona, por ejemplo, y a partir de ella dan sus conclusiones sobre el futuro de ese individuo. En una carta astral se sitúa lo que se llama "eclíptica", trayectoria anual aparente del sol a través del cielo, con doce secciones que reciben el nombre de "signos del zodíaco", los cuales son: Aries, Tauro, Géminis, Cáncer, Leo, Virgo, Libra, Escorpión, Sagitario, Capricornio, Acuario y Piscis. A Cada planeta (incluyendo el sol y la luna) se le da un signo particular dependiendo del lugar de la eclíptica en que aparece dicho planeta y del momento en el que se hace el horóscopo. Cada planeta representa tendencias básicas humanas y cada signo un conjunto de características humanas. Cuando los astrólogos mencionan o nombran a una persona por un signo determinado, se está refiriendo al signo solar de esa persona; esto es, al signo que el sol ocupaba en el momento de su nacimiento. No podemos confundir la **astrología** con la **astronomía**, ya que la **astronomía** es la ciencia que tiene por objeto tratar la constitución, posición relativa, y movimientos de los astros; por el contrario, la **astrología** es una ciencia falsa que busca apartar a la gente de Dios y robarle el dinero a los incautos que quieren saber de su futuro. Nuestro Señor Jesucristo acusaba a los escribas y fariseos llamándoles "generación de víboras" y "sepulcros blanqueados", ya que aparentaban ser piadosos pero por dentro estaban llenos de toda clase de inmundicia y no eran más que unos lobos rapaces (Lucas 3:7, Mateo 23:25). Para aquel tiempo Caifás, que era el sumo sacerdote, en conjunto con Anás, su suegro, eran quienes tenían el dominio de la corrupta maquinaria religiosa en Jerusalén bajo el dominio de Roma y eran miembros de sociedades secretas que practicaban la cábala; un tipo de interpretación mística de las Sagradas Escrituras. Este sistema de técnicas ocultistas es aún usado hoy en día por algunos rabinos para analizar las Sagradas Escrituras. Se cree que esto se originó en la deportación de los judíos a Babilonia y que permite comunicarse con espíritus malignos. Jesucristo sabía de sus prácticas ocultas y de su falta de piedad hacia los pobres y hacia las viudas y por eso los condenaba. Exactamente y de la misma manera, Dios condena en nuestro tiempo este tipo de prácticas místicas, astrales y ocultistas. Lamentablemente hay cristianos que consultan a los horóscopos en periódicos y revistas y yo he podido ser testigo de esto; según algunos "esto no es nada malo". Yo solo aclaro que no debemos de auto engañarnos y debemos a la vez de analizar todo bien, pues los principios espirituales son lo que son y no los podemos cambiar. Lo que no hace crecer en lo espiritual, hace menguar o estancar y no podemos cambiar eso. Recuerde: Todo aquello que tiene que ver con lo espiritual son puertas abiertas para bendición o maldición y esto es INQUEBRANTABLE.

El objetivo de la astrología (que no es otra cosa que seudociencia), es de apartar del verdadero conocimiento que nos da Dios a través de su Palabra. No debemos de estar ansiosos por nuestro futuro ni tampoco temer por el mismo, ya que nuestra vida está escondida en Cristo (Colosenses 3:1-3) y nuestro camino está en las manos de Dios (Salmos 37:5). El consultar a los signos de los horóscopos es pecado, pues le da más valor a la creación que al Creador. Las estrellas y los astros Dios los hizo para que funcionaran en la mecánica celeste (Jeremías 31: 35, 36), además de que la astrología es una mentira que el mismo Nabucodonosor descubrió y evidenció cuando tuvo un sueño que ninguno de sus astrólogos le pudo ni contar ni interpretar (Daniel 2:8,9)

Esta gente solo dice mentiras y cosas que son obvias para apartar a las personas de la verdad y engordar su bolsillo. Siempre veo a los medios seculares consultando a astrólogos para lo que va a suceder a fin de año y nunca se cumple, como quiera al otro año vuelven y consultan. Esta actividad, como todo pecado es adictiva hasta que llega a destruirte por completo. Hay personas que se vuelven adictas a la consulta de los horóscopos y por cualquier cosa que diga su signo, se pueden alegrar o deprimir o causarles literalmente pánico. Es algo sin fundamento que produce diversos estados de ánimo en la vida del que se aferra a esto. Dios prohíbe esta práctica.

***"Cuando se hallare en medio de ti, en alguna de tus ciudades que Jehová tu Dios te da, hombre o mujer que haya hecho mal ante los ojos de Jehová tu Dios traspasando su pacto, que hubiere ido y servido a dioses ajenos, y se hubiere inclinado a ellos, ya sea al sol, o a la luna, o a todo el ejército del cielo, lo cual yo he prohibido" (Deuteronomio 17:2,3)***

Idolatrar a los astros no significaría solo "arrodillarse" ante ellos de forma literal, sino también consultarles por los horóscopos, pues les estás dando el lugar que solo le pertenece a Dios. Solo Dios conoce nuestro futuro y solo a Él oramos por las decisiones que vayamos a tomar para que sea Él quién nos muestre.

El Rey Saúl de Israel, fue desechado por Dios por desobedecerle y atender el favor del pueblo más que la orden divina (1Samuel 15:23), pero fue el hecho de consultar a una adivina, lo que determinó su muerte definitiva (1Samuel 28:3-25, 31:1-6)

Cuando la Biblia nos habla también sobre los "reyes magos" (Mateo 21:1-12), no se puede interpretar como que eran astrólogos. Ellos eran un grupo de estudiosos gentiles que sabían perfectamente que el nacimiento del Mesías sería anunciado por la aparición de una extraordinaria estrella. Esto nos demuestra sin duda alguna, que la información sobre el nacimiento del Salvador del mundo se difundió por la clase intelectual de oriente. El profeta Daniel, que era el jefe de los magos de Babilonia, pudo haber difundido la noticia sobre la profecía de la estrella de Jacob por la clase intelectual de Babilonia y Persia (Daniel 4:9)

Es obvio que Daniel era un profeta de Dios, pero decirle "mago" era una generalización en aquella cultura para todos los de la corte del Rey que estaba en ese renglón de llamados "sabios".

Cuando la Biblia dice "magos", refiriéndose a los reyes del oriente que fueron a adorar a Jesús, tampoco significa que eran dados a las "artes mágicas" o astrología, sino que eran astrónomos. Daniel repudió la magia y astrología de los caldeos y sirvió única y exclusivamente al Dios verdadero.

### *Los extraterrestres y los Ovnis (U.F.O)*

El tema de los extraterrestres y de los objetos voladores no identificados (UFO por sus siglas en inglés), es algo que va de continuo crecimiento en nuestra sociedad moderna.

Después de Dios haber hecho toda la creación, el hombre estaba sin pecado y todo lo que estaba en el mundo "era bueno" (Génesis 1:31). Cuando el hombre pecó (Génesis 3), causó la caída de la raza humana, dando como resultado indetenible toda clase de males, enfermedades, y muerte. Aunque los animales no han pecado ante Dios, pues ellos no son seres morales, ellos también sufren y aún mueren (Romanos 8:19-22). Jesucristo murió para pagar el castigo que todos nosotros merecemos por nuestro pecado. Cuando Él regrese en su Segunda Venida, va a deshacer muchas manifestaciones de la maldición que han existido desde

Adán, y posteriormente Él quitará totalmente todos los aspectos que cubría la maldición (Apocalipsis 21-22). Notemos que Romanos 8:19-22 dice que toda la creación espera con ardiente anhelo y deseo este momento.

También es importante notar que Cristo vino a la tierra a morir por la raza humana, y que Él murió solo una vez (Hebreos 7:27; 9:26-28; 10:10).

Ahora, resumiendo estas verdades, podemos llegar a la conclusión de que Dios creó la tierra y la raza humana como algo único. Toda la creación sufre como resultado de la caída del hombre. Cristo vino a la tierra a ofrecerse Él mismo una y solo una vez para pagar nuestros pecados. No solo los creyentes serán liberados, sino también toda la creación con ellos. Si toda la creación sufre, significa que cualquier vida aparte de la terrestre, también estará sufriendo. Si es que, en función del argumento, existen seres morales en otros planetas, entonces también ellos sufren; si no ahora, entonces algún día también sufrirán cuando "...los cielos pasarán con grande estruendo, y los elementos ardiendo serán deshechos, y la tierra y las obras que en ella hay serán quemadas." (2 Pedro 3:10). Si ellos jamás han pecado, entonces Dios sería injusto al castigarlos; pero si han pecado, y Cristo pudo morir solo una vez (lo cual hizo en la tierra) entonces ellos serán abandonados en su pecado, lo cual también sería en contra del carácter de Dios (2 Pedro 3:9).

Esto viene a dejarnos a todos con una paradoja sin solución, a menos, por supuesto, que no vengan a existir supuestamente seres morales fuera del planeta.

De las formas de vida en otros planetas, que no son morales ni racionales vendrían preguntas como por ejemplo: ¿Podrían las algas o aún los perros o los gatos estar presentes en un planeta desconocido? Si así fuera, no dañaría la veracidad del texto bíblico. Pero ciertamente plantearía una problemática cuando se tratara de responder a preguntas como "Puesto que la creación sufre, ¿qué propósito tendría Dios en crear sufrimiento a criaturas no morales ni racionales de planetas distantes?

Si nos vamos a la Biblia de lleno, la realidad es que no nos da razones para creer que hay vida en alguna otra parte del universo. De hecho, la Biblia da muchas razones claves por lo que esto no puede ser.

Sí, hay muchas cosas extrañas e inexplicables que suceden. Sin embargo, esta no es razón para atribuir este fenómeno a extraterrestres u OVNIS.

Si existe una causa explicable para estos supuestos eventos, sería más bien de carácter espiritual y más específicamente de origen demoníaco, y muchos también atribuyen un origen angelical, pues lo cierto es que no conocemos muchos de los misterios espirituales y llegaremos a ver cosas que ojo no vio ni oído oyó

(1Corintios 2:9)

En 1995 salió a la luz un vídeo de una autopsia a un ser alienígena que supuestamente había sido capturado tras sufrir un accidente en su nave. La fecha de origen de la película era 1947 por lo que el alien debía de ser el del famoso Incidente en Roswell. Realmente este es un vídeo tan falso como desagradable. Fue sacado a la luz por Ray Santilli como auténtico. Ray aseguraba que encontró accidentalmente esta cinta que estaba en posesión de una cámara del ejército y se la compró. La cinta causó sensación en círculos de UFO – fanáticos y se hizo muy popular. Realmente la cinta es una falsificación dirigida por Spyros Melaris que contrató a un grupo de especialistas en efectos especiales y colaboradores para participar en la grabación. Uno de estos especialistas fue John Humphreys, un escultor que trabajaba haciendo efectos especiales para la televisión. El muñeco es una figura de látex en la que se tomó al hijo de Humphreys de 10 años para hacer el molde. La figura de rellenó de vísceras de cordero y la cabeza de sesos de cordero y cerdo. Se hicieron unos trajes anticontaminación y se empezó a grabar. Después de finalizar la grabación se dividió al muñeco en varias partes, se cortó en trozos pequeños y se tiró a la basura en varias bolsas en diferentes puntos. Todos los que intervinieron en la grabación tuvieron que firmar un acuerdo de confidencialidad.

Santilli les había asegurado al resto del equipo que en un corto plazo de tiempo le diría la verdad al público, pero estaba obteniendo bastante dinero interviniendo en espacios de televisión y conferencias, por lo que se fue volviendo avaricioso.

En 2006 el propio Santilli estrenó una película (Alien Autopsy) en la que contaba cómo se hizo todo el montaje, y de paso se llevaba otro montoncito de dinero. Y los que se creyeron la historia, se quedaron literal y merecidamente con cara de "tontos".

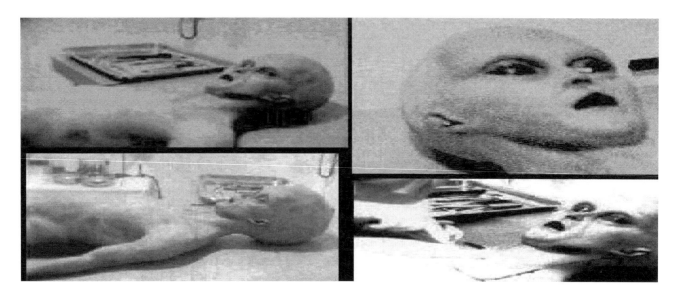

El cine es un medio que siempre se usa para preparar y "adaptar" a la gente antes de que las cosas sucedan. Un ejemplo de esto viene a ser las continuas películas que Hollywood comenzó a sacar a finales de los años 90 sobre el fin del mundo, pues había mucha profecía falsa y especulaciones de que el mundo se acabaría en el año 2000. Una de estas profecías tenía que ver con Nostradamus.

Para el 2001, luego de los atentados terroristas del 11 de Septiembre, se comenzaron también a hacer películas de guerra para preparar a la sociedad. En el 2012, se creía también que el mundo se iba a acabar y se hizo una película del mismo nombre. Claro que los creyentes que conocemos la Palabra, sabíamos que de acuerdo al escenario profético, esto no iba a ser así. Esto lo podemos comparar con respecto a los OVNIS, en que muchos han testificado haber visto naves o platillos voladores y haber tenido experiencias con estos "seres de otros mundos", de lo cual se ha hecho un vasto número de películas y series de televisión.

En el año de 1982, una persona de nombre Michael London, del diario "Los Angeles Times", reunió a un grupo de ocho personas con experiencia en encuentros con supuestos platillos voladores y extraterrestres para una presentación especial de la película "E.T:", de Steven Spielberg. Este grupo de personas estableció que se trataba de una película "real" y no de un "romance", y que además, era parte de un supuesto proceso de preparación para la llegada de extraterrestres a la tierra y que la película era un "medio" para invitar a la gente a tener menos temor a lo paranormal y que (por supuesto) los niños eran el lugar para empezar porque supuestamente todo se estaba haciendo "por medio de ellos".

En las películas, estos seres son descritos como "idénticos" a nosotros en muchos aspectos pero más inteligentes y avanzados en tecnología. En unas películas se les presenta como seres bélicos y en otras como seres que buscan solo paz, enseñaros, y que se preocupan por nuestros intereses.

Es obvio que el Maligno también conoce de tecnología pues tiene una capacidad superior a nosotros aun siendo un ser caído.

Lo curioso en que los "extraterrestres" utilizan terminología normal de Nueva Era siempre que se comunican con las personas que supuestamente eligen, diciendo según testimonios que son "maestros ascendidos en la jerarquía", y que se están preparando para intervenir nuevamente en la historia mundial para conducir al ser humano a un nivel más amplio de conciencia.

Es aterrante el hecho de que algunas personas con estas experiencias testifiquen que estos extraterrestres supuestamente seleccionarán a un ser humano que le otorgarán poderes y conocimientos sobrehumanos y que supuestamente este hombre conducirá a un gobierno y a una "paz mundial" [UFO: End time desilution, David Lewis, pg. 46] ¿A qué te suena eso?

Se puede ver también una coincidencia entre lo que dicen los "espíritus guías" que alegan tener los escritores de la Nueva Era: Redirigir todo hacia un Nuevo Orden Mundial.

La Nueva Era busca abolir todo gobierno establecido, igual que los "extraterrestres" según lo que testifican los que han tenido estas experiencias.

Hay muchas pruebas de que todas persona que reclama haber tenido algún tipo de contacto con un ser alienígena, siempre ha tenido algún tipo de conexión previa con alguna actividad de metafísica o sectas relacionadas con el satanismo, brujería, fenómenos psíquicos, canalización, Nueva Era, etc.

150

A continuación les muestro un ejemplo de cómo los medios siempre han querido tratar de preparar para una supuesta llegada de seres extraterrestres, como el caso de la revista "Popular Mechanics" (Mecánica popular):

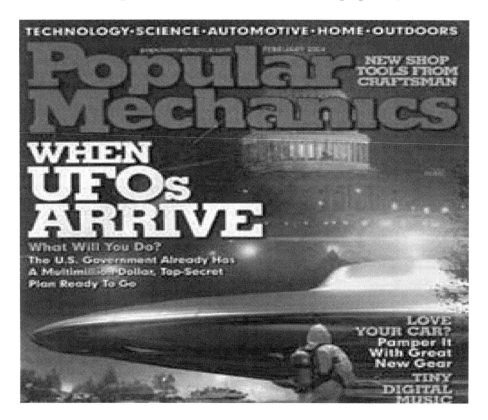

### *El evangelio perdido de Judas*

Otro de los engaños que el enemigo ha puesto en nuestros días para engañar, y en su continuo afán por desacreditar a la Biblia ante las masas, es el llamado "evangelio perdido de Judas", del cual los medios de comunicación se dieron a la tarea de informar, o mejor dicho "desinformar". Este fue un libro perdido cerca de unos dos milenios atrás que reapareció hace poco en una copia en copto descubierta en Egipto. De acuerdo a esta obra, Judas era el único que conocía la verdadera identidad de Jesús y colaboró en el plan divino de su sacrifico. Supuestamente el Maestro le encargó la misión más difícil: Entregarlo a sus verdugos.

El volumen consta de 66 páginas con una tapa de cuero y papel de papiro que unos saqueadores encontraron en la década de los 70 en unas cuevas cerca de

El Minya y que estuvo "rodando" durante 30 años sin que nadie comprobara su autenticidad o lo tradujera.

Luego de haber sobrevivido por 1,600 años, gracias al clima seco del desierto, casi se convirtió en polvo al pasar 16 años en una caja de seguridad en la costa del estado de Nueva York, en el ambiente húmedo de Long Island. En el 2001 lo adquirió la fundación Maecenas, que comenzó su proceso de restauración, para luego entrar en colaboración la organización National Geographic.

Se probó ser un libro genuino, debido a las pruebas de análisis del carbono 14, y que fue escrito alrededor del 300 d.C. y enseguida se informó escandalosamente que habían encontrado un "evangelio" perdido, y que los expertos habían comprobado que era "verídico". Lo interesante del caso es que no explicaron que este supuesto "evangelio" contradecía totalmente los otros evangelios de la Biblia, y que lo único genuino de esto era solo la fecha y el año en que fue escrito. Por cierto, de acuerdo a fechas, en contraste a esta fecha en que fue escrito, ya las Sagradas Escrituras del Nuevo Testamento habían sido redactadas en su totalidad.

Esto no se trata de otra cosa más que de un escrito gnóstico de Alejandría, en Egipto, que rechazaban los escritos que habían sido inspirados genuinamente por Dios y se creyeron sabios en su propia opinión redactando contradicciones.

En su tiempo, las escrituras se encontraban en manos de los verdaderos creyentes, pero muchos libros y evangelios falsos parecían que contradecían todo. Para el tiempo de la recopilación del Nuevo Testamento, los cristianos de la iglesia primitiva fueron cautelosamente examinando todos los evangelios y los fueron clasificando en tres categorías específicas:

1. Los que eran de forma universal aceptados
2. Los que eran adulterados, como "los hechos de Pablo", "el Pastor de Hermas", la "Didajé", el "Apocalipsis de Pedro" y "las epístolas de Bernabé".
3. Los que eran falsos en su totalidad como "el evangelio de Tomás", "el evangelio de Matías", "los hechos de Juan" y "los hechos de Andrés".

Los libros que hoy día están en el Nuevo Testamento, fueron sometidos al siguiente análisis:

1. Si fue escrito por un Apóstol de Jesucristo.
2. Si poseía una alta jerarquía de contenido espiritual.
3. Si había sido universalmente aceptado por todas las congregaciones de la verdadera iglesia.
4. Si existía prueba de que el determinado evangelio había sido indiscutiblemente producto de una inspiración divina, por lo cual se tomaba en cuenta que la autoridad de la verdadera escritura de basaba en:
   a. El Gran Consolador que Jesucristo prometió y que ya había llegado: El Espíritu Santo.
   b. En que los verdaderos creyentes poseían en don de discernimiento.
   c. En la referencia que un autor de la Biblia hacía de los demás. Como por ejemplo Pedro, que hacía referencia a los escritos de Pablo como "escrituras".

***"Y tened entendido que la paciencia de nuestro Señor es para salvación; como también nuestro amado hermano Pablo, según la sabiduría que le ha sido dada, os ha escrito, casi en todas sus epístolas, hablando en ellas de estas cosas; entre las cuales hay algunas difíciles de entender, las cuales los indoctos e inconstantes tuercen, como también las otras Escrituras, para su propia perdición" (2Pedro 3:15,16)***

Es muy fácil hacer un escándalo sensacionalista que vuelva a la gente "loca", como recuerda en la historia el caso de Orson Welles, en su programa de radio "la guerra de los mundos" en el 1938, que sembró un pánico terrible al ser tan realista, que muchos radio oyentes creyeron que verdaderamente la tierra estaba siendo invadida por extraterrestres y solo era algo dramatizado.

Para el tiempo de la iglesia primitiva hubo muchas versiones de gnosticismo, aunque todas se basaban en la misma idea de que *"el mundo material era malo y fue creado por consiguiente por un ser inferior"*. Ellos tenían como meta escapar de este mundo "mal creado", a una esfera de existencia más pura y no física. Este era el motivo por el cual su interpretación de acuerdo a la Biblia era tergiversada. Los gnósticos echaron la culpa a Dios de las condiciones problemáticas de la humanidad, lo cual es en realidad culpa del pecado.

**El evangelio perdido de Judas no es otra cosa que un documento gnóstico que usó la inversión de la relación entre Jesús y Judas para promover la doctrina gnóstica, de datos históricos escasos y que no pretende haber sido escrito por Judas.**

### *El código Da Vinci*

Este libro, de su autor Dan Brown, llegó a ser un fenómeno mundial con más de 25 millones de ejemplares vendidos en casi todo el mundo. Al igual que "el evangelio perdido de Judas", fue algo que prácticamente surgió en conjunto para seguir confundiendo a la gente. Ataca fuertemente a la iglesia católica como una iglesia fundamentada en orígenes paganos, lo cual es cierto, pero establece a esa religión como la que hay que ver como la verdadera religión "cristiana" y a su vez la desenmascara como falsa, o sea, que el cristianismo es "falso". Si hablamos del cristianismo en su esencia, es sencillamente algo Cristo céntrico o centrado en Cristo. En el genuino cristianismo Cristo es la Roca y el centro de todo. La verdadera iglesia cristiana es aquella que se allega más al modelo de la iglesia primitiva. En la iglesia primitiva los Apóstoles no exigían veneración, todos eran casados, no existían los confesionarios, no se veneraba a María ni beatos ni se arrodillaban a imágenes de patriarcas. A Pedro tampoco se le conoció nunca como "primer Papa" sino que en la Biblia se le conoce como Apóstol.

***"Y yo también te digo, que tú eres Pedro, y sobre esta roca edificaré mi iglesia; y las puertas del Hades no prevalecerán contra ella" (Mateo 16:18)***

De la traducción del griego, cuando Cristo se dirigió a "Pedro", la traducción proviene de la palabra "PETROS" que significa "pequeña piedrecita", y cuando afirma "sobre esta "ROCA" edificaré mi iglesia, proviene del griego "PETRA", lo cual es algo mayor a la pequeña piedrecita, por lo cual se traduce a que Jesucristo es la Roca. Esto se sigue comprobado por toda la Biblia. El nombre "Simón", del Apóstol Pedro, significa "arena" en el griego.

*"Cualquiera, pues, que me oye estas palabras, y las hace, le compararé a un hombre prudente, que edificó su casa sobre la roca (PETRA). Descendió lluvia, y vinieron ríos, y soplaron vientos, y golpearon contra aquella casa; y no cayó, porque estaba fundada sobre la roca. Pero cualquiera que me oye estas palabras y no las hace, le compararé a un hombre insensato, que edificó su casa sobre la arena (Simón); y descendió lluvia, y vinieron ríos, y soplaron vientos, y dieron con ímpetu contra aquella casa; y cayó, y fue grande su ruina" (Mateo 7:24-27)*

El código Da Vinci interpreta a Cristo como cualquier ser humano sometido a pecados y debilidades, y no como la Biblia describe y como realmente fue, es y será: EL HIJO DE DIOS. Presenta también que Jesús se casó con María Magdalena y con la cual tuvo una hija, estableciendo que sus descendientes están con nosotros hoy.

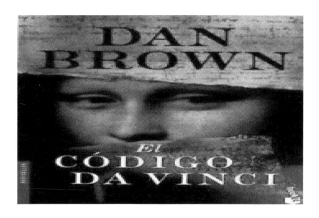

Este libro dice que Da Vinci era un gnóstico pagano y secreto (algo no comprobado), y que expresó idead herejes por medio mensajes sutiles en su arte. Se atribuye una interpretación de la pintura de "la última cena", en la que se dice que el individuo sentado a la derecha de Jesús es supuestamente María Magdalena, que la supuesta "M" que se traza entre Jesús y ella significa "matrimonio", y que al notar que Da Vinci se pintó así mismo mirando en dirección contraria a Jesús, dice que se está rechazando la interpretación tradicional. Esto es imposible de creer hasta para los expertos en historia del arte. La verdadera interpretación, es que el que está sentado a la derecha de Jesús es Juan, representado en aspecto femenino porque esa era la manera en el tiempo de Da Vinci en la cual se representaban a hombres que eran muy jóvenes, y además, Leonardo se pintó de espaldas, en dirección contraria a Jesús, para demostrar que no era digno de Él. Lo de la "M", es una enfermiza interpretación personal de este autor para desacreditar a la Biblia por el interés del dios dinero.

Satanás lleva atacando a la Biblia por más de 1,500 años, y en relación a este libro, hay muchas más locuras escritas que cualquier creyente firme discierne inmediatamente que este autor es solo otra marioneta más del Maligno.

### *El Chip Implantado*

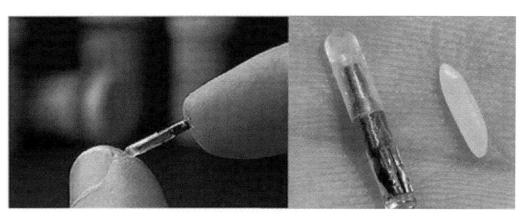

En el apocalipsis, no pudiéramos esperar que si Dios le hubiera demostrado una visión al Apóstol Juan del futuro en la que hubiera visto un combo de comida rápida, pudiera describir fácilmente y decir: "con papas fritas y refresco". Es obvio que iba a tratar de describir la visión conforme a la dirección de Dios pero también en el lenguaje de su época. Por eso se puede interpretar que cuando se habla de la "MARCA" de la bestia, no quiere decir que sea literalmente "666" puesto con un sello de goma. Hasta en la Biblia misma dice ***"el que tiene entendimiento"***:

*"Y hacía que a todos, pequeños y grandes, ricos y pobres, libres y esclavos, se les pusiese una marca en la mano derecha, o en la frente; y que ninguno pudiese comprar ni vender, sino el que tuviese la marca o el nombre de la bestia, o el número de su nombre. Aquí hay sabiduría. El que tiene entendimiento, cuente el número de la bestia, pues es número de hombre. Y su número es seiscientos sesenta y seis" (Apocalipsis 13:16-18).*

Todo comenzó en el 1958 cuando el ingeniero estadounidense Jack Kilby, quien trabajaba en la compañía Texas Instruments, desarrolló el primer circuito integrado. Este circuito era un pequeño dispositivo que conectaba seis transistores en una misma base semiconductora; lo cual preparó el camino para la microelectrónica. Fue mucho más tarde, en el año 2000, cuando se le galardonó con el premio Nobel de Física con la contribución de su invento al desarrollo de la tecnología de la información.

Con el pasar del tiempo, estos circuitos integrados se fueron reduciendo cada vez más en sus dimensiones, de donde nacieron los microprocesadores, que son los que hoy en día controlan las computadoras, teléfonos celulares y hornos de microondas, al igual que los chips de memoria digital.

Hoy en día se está experimentando con dispositivos electrónicos que se introducirán en el cuerpo y podrán proporcionar dosis exactas de medicamentos a determinadas horas del día. Estos circuitos integrados se están planeando también implantar en el cerebro con el fin de controlar trastornos como la epilepsia.

Hay un chip que se ha venido trabajando y que se lo conoce como "verichip". **Es un bio-chip que mide 7mm de largo y 0.75mm de ancho, más o menos del tamaño de un grano de arroz. Contiene un *transponder* y una batería de Lítio recargable. La batería es recargada por un circuito de *termopar* que produce una corriente eléctrica con fluctuaciones de la temperatura del cuerpo. *TRANSPONDER* ES UN SISTEMA DE ALMACENAMIENTO Y LECTURA DE INFORMACION EN UN MICROCHIP, CUYA LECTURA SE DA EN ONDAS COMO DE CONTROL REMOTO.** La idea original era implantarlos en animales para mantener el control de que no se perdieran, pero también se optó por implantarlos en el ser humano a empleados de altas corporaciones para impedir los secuestros y para pacientes de anzeimer. **Se gastó más de 1.5 millones de dólares en estudios, sólo para saber cuál era el mejor lugar para colocar este biochip en el cuerpo humano. Ellos sólo encontraron dos lugares satisfactorios y eficientes: la CABEZA, debajo del cuero cabelludo, y la parte detrás de la mano, específicamente la MANO DERECHA, debido a que esos lugares son los lugares ideales para la recarga de la batería de litio con la temperatura del cuerpo.**

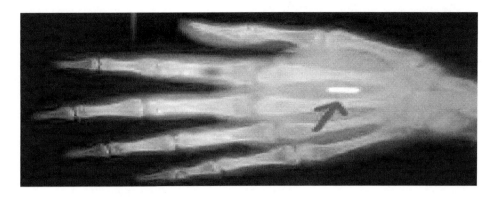

Radiografía del verichip insertado en la mano derecha

Según algunas investigaciones, se dice que el Director del Proyecto para la fabricación de microchips no estuvo de acuerdo inicialmente con la batería de litio recargable incluida en el biochip, debido a su fragilidad, ya que en personas en donde se estaban llevando a cabo los experimentos, la ruptura de la cápsula de la batería de litio causaba llagas y úlceras dolorosas según aparece en las fotos:

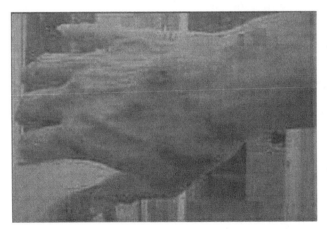

Es posible que la introducción de este VeriChip ejerza un cierto control sobre la persona que se lo ponga, lo que le impedirá creer en el Mesías. La Biblia condena al fuego eterno a los que se marquen. Una vez marcados, automáticamente se perderá la salvación.

*"Y el tercer ángel los siguió, diciendo a gran voz: Si alguno adora a la bestia y a su imagen, y recibe la marca en su frente o en su mano, él también beberá del vino de la ira de Dios, que ha sido vaciado puro en el cáliz de su ira; y será atormentado con fuego y azufre delante de los santos ángeles y del Cordero; y el humo de su tormento sube por los siglos de los siglos. Y no tienen reposo de día ni de noche los que adoran a la bestia y a su imagen, ni nadie que reciba la marca de su nombre" (Apocalipsis 14:9-11)*

Esto se sigue poniendo con mucha "coincidencia" de acuerdo a la Biblia:

*"Fue el primero, y derramó su copa sobre la tierra, y vino una úlcera maligna y pestilente sobre los hombres que tenían la marca de la bestia, y que adoraban su imagen" (Apocalipsis 16:2)*

Como bien sabrá, lo siguiente es un código de barras:

Los códigos de barras son símbolos que pueden ser leídos por máquinas y están hechos de patrones de barras y rayas negras y blancas, y en algunos casos de cuadrículas de tipo tablero de ajedrez.

Hay diferentes estilos de códigos de barras llamados simbologías. Código 39, UPC, y Código 128 son ejemplos de distintos estilos de simbología.

En un código de barras existen partículas de información que están codificadas dentro de los códigos de barras. Los datos son leídos por medio de digitalizadores de códigos de barras y por lo general son usados juntamente con bases de datos. Los códigos de barras no necesitan intervención humana, ya que son leídos por máquinas automáticas y realizan su función sin posibilidades de error.

Los códigos de barras pueden ser usados en cualquier mercancía para la venta donde sea digitalizada en la caja registradora. 'También son utilizados en todo tipo de formas de envío, etiquetas, tarjetas de Id., propaganda enviada por correspondencia y facturas.

Todas las líneas, o barras se asocian con números en la parte de abajo, excepto las marcas del principio, mitad, y final. ¡Note que las marcas para el número "6" son "||". Y estas marcas son iguales, en la primera en el medio y en el último.

Ahora vea los números omitidos. **El número "666" se encuentra escondido en cada UPC código de barras:**

Es imposible que yo pueda decir que el Verichip es actualmente la "marca de la bestia" a pesar de todas las evidencias. El apocalipsis si habla del 666, pero también que la marca incluirá además del número, el nombre del Anticristo, y no se manifestará hasta después del arrebatamiento, por lo cual si es correcto concluir que esta si será la tecnología que usará pero que aun oficialmente no es la marca de la bestia. Esto será a la mitad de la tribulación de 7 años.

## *Conclusión*

Me llamó la atención hace mucho tiempo y en el artículo de un periódico que leí acerca de un monje irlandés del siglo XII llamado Malaquías O'Morgan, que escribió una serie de frases cortas en latín que describen, de acuerdo con la visión profética que tuvo, todo los Papas que iban a estar en el Vaticano, hasta su completa desaparición. Por medio de descripciones y simbolismo profético irrefutable, hasta mismos católicos han podido interpretar que el Apocalipsis capítulo 18 habla de la destrucción del Vaticano, y solo por la concordancia bíblica y evaluación de hechos, me llamó la atención que este libro de este monje, fue escrito y redactado en el año 1139 y cuenta con 111 lemas, de los cuales, uno es para cada Papa.

En el año 1144, el primer Papa de que la revelación obtenida, se llamaría "del Castillo Tíber". Vemos que a partir de ese orden cronológico, fue Celestino II, nacido en una fortaleza construida sobre el río Tíber y se llamó "Tiberna".

Avanzando drásticamente en este orden sucesivo de lemas, al Papa Pablo I, que sólo duró 33 días, corresponde el lema "lune Medietate", que significa "media luna". El nombre real de este Papa italiano era Albino Luciani, que significa "luz blanca" o "la luz que irradia media luna".

Para el Papa Juan Pablo II, Malaquías escribió "De laboris solis" o "trabajo del sol", de lo cual se conoce que este Papa nació en la misma ciudad que el astrónomo Nicolás Copérnico, que creó la teoría heliocéntrica, que establece que la Tierra gira alrededor del Sol.

El Vaticano estuvo involucrado en un terrible escándalo por un ayudante del Papa Benedicto XVI, que lanzó e hizo públicos terribles secretos del Vaticano. Parte del informe sacado a la luz dijo acerca de las relaciones homosexuales dentro del Vaticano, y esto fue parte de lo que llevó al pasado Papa a renunciar. Todo salió en las noticias. Muchos dicen que fue una conspiración interna en el Vaticano por posibles luchas de poderes entre los masones y los Illuminati

La frase de Malaquías en latín, "Gloria Olivae", corresponde a Benedicto XVI. Esto significa "Gloria del Olivo", y precisamente, él fue parte de la orden de los mojes olivetanos.

Es increíble que hasta para lo que muchos consideraron como una mala señal, un rayo que cayó en la basílica de San Pedro justo después de la renuncia de este Papa, cosa que se hizo viral en las redes sociales por muchos.

Según Malaquías, sólo habrá un Papa más, al cual describe con el lema de "Petrus Romanus", que según él, NO será enterrado en el Vaticano, y será testigo de la destrucción del mismo: La única ciudad en el mundo rodeada por siete colinas en su sede en Roma.

***"Esto, para la mente que tenga sabiduría: Las siete cabezas son siete montes, sobre los cuales se sienta la mujer" (Apocalipsis 17: 9).***

El actual Papa, Francisco, el primer Papa latinoamericano en ser elegido, tomó ese nombre de San Francisco de Asís, cuyo verdadero nombre era Giovanni Bernardone Di Pietro. Fue llamado "Di Pietro" porque el nombre de su padre era "Pietro Bernardone". Pietro significa "Pedro".

El verdadero nombre del Papa es Jorge Mario Bergoglio. Su apellido es italiano. Los italianos vienen de los romanos. La traducción de "PETRUS ROMANUS" significa "Pedro el Romano".

Dios da dones proféticos a los que Él quiere. Si las profecías son verdaderas, no hay ninguna razón para decir que no. Nabucodonosor no era creyente y Dios le dio un sueño profético que Daniel interpretó.

La verdad es la Biblia, pero lo que acabamos de demostrar es bastante interesante y creo que también advierte lo cercano que está el tiempo final de la dispensación de la gracia. Usted esté siempre firme y lleno de Dios y caliente en el espíritu. No se sabe si aún después de usted o alguien terminar de leer este último párrafo de este libro, llegue el arrebatamiento. Definitivamente: El tiempo está cerca.

## *Mensaje del Evangelista Yiye Ávila*
### *(Año 2007, en la primera edición)*

Mi nieto, el Hno. Miguel Sánchez Ávila, ha venido predicando y ganando almas en éstos últimos días y mí persona, Hno. Yiye Ávila, del Ministerio Cristo Viene, le estoy ayudando y estimulando para que siga adelante. Espero que el libro que ha escrito, sea de bendición para todos los que de él participen. Les ama a todos el Hno. Yiye Ávila y el Ministerio Cristo Viene.

Made in the USA
Columbia, SC
24 November 2020